AF137548

P. Asbjörnsen, J. Moe

Norwegische Volksmärchen

Band II

VERO Verlag

P. Asbjörnsen, J. Moe

Norwegische Volksmärchen

Band II

ISBN/EAN: 9783737201612

Auflage: 1

Erscheinungsjahr: 2014

Erscheinungsort: Norderstedt, Deutschland

Hergestellt in Europa, USA, Kanada, Australien, Japan
Vero Verlag in Hansebooks GmbH

Cover: Foto ©günther gumhold / pixelio.de

VERO Verlag

Inhalt

1.
Die Sieben Füllen.

Es waren einmal ein Paar arme Leute, die wohnten in einer elenden Hütte, weit weg in einem Walde, und hatten nicht Mehr, als aus der Hand in den Mund, und kaum einmal das; aber drei Söhne hatten sie, und der jüngste von ihnen war Aschenbrödel, denn er that nichts Anders, als in der Asche wühlen.

Eines Tages sagte der älteste Bursch, er wolle fort und sich einen Dienst suchen; dagegen hatten die Ältern Nichts einzuwenden, und er wanderte hinaus in die Welt. Er ging den ganzen Tag, und als es Abend ward, kam er zu einem Königsschloß. Da stand der König draußen auf der Treppe und fragte ihn, wo er hin wolle. »O, ich suche mir nur einen Dienst,« sagte der Bursch. »Willst Du bei mir dienen und meine sieben Füllen hüten?« fragte ihn der König. »Wenn Du sie einen ganzen Tag hüten kannst und mir am Abend sagen, Was sie essen und Was sie trinken, so sollst Du die Prinzessinn und das halbe Reich haben,« sagte er: »kannst Du es aber nicht, so schneide ich Dir drei rothe Riemen aus Deinem Rücken.« Ja, das, meinte der Bursch, wär' eine leichte Arbeit, damit wollt' er schon fertig werden.

Am Morgen, als es Tag wurde, ließ der Stallmeister die sieben Füllen aus; diese fort, und der Bursch hinter ihnen her, und darauf ging's über Berg und Thal, durch Rusch und durch Busch. Als der Bursch eine gute Weile gelaufen hatte, fing er an, müde zu werden, und als er's noch eine Zeitlang ausgehalten, da hatt' er das Hüten völlig satt. Er stand eben vor einer Bergschlucht, wo ein altes Weib saß und die Spindel dreh'te; als die den Burschen erblickte, der hinter den Füllen herlief, daß ihm der Schweiß von der Stirne troff, rief sie: »Komm her, mein schmucker Bursch! ich will Dir den Kopf krauen.« Das war dem Burschen schon recht; er setzte sich zu dem alten Weib in der Bergschlucht und legte seinen Kopf auf ihren Schoß, und nun krau'te sie ihn den ganzen Tag, während er da lag und sich runks'te. Als es Abend wurde, wollte der Bursch fort: »Es ist wohl am besten, ich gehe nur wieder heim zu meinen Ältern,« sagte er: »denn daß ich auf's Schloß zurückkehre, kann doch Nichts nützen.« — »Warte nur, bis es dunkel geworden ist,« sagte das Weib: »dann kommen die Füllen hier wieder vorbei, und dann kannst Du mit ihnen zurücklaufen; denn es weiß Niemand, daß Du hier den ganzen Tag auf meinem Schoß gelegen hast, anstatt sie zu hüten.« Als nun die Füllen ankamen, gab das Weib dem Burschen eine Flasche mit Wasser und einen Büschel Moos; das sollte er dem König zeigen und sagen, das wäre Das, was die sieben Füllen äßen und tränken.

»Hast Du nun die Füllen den ganzen Tag treu gehütet?« fragte ihn der König, als er am Abend ankam. »Ja, das hab' ich,« sagte der Bursch. »Kannst Du mir denn sagen, Was sie essen, und Was sie trinken?« fragte der König. Da zeigte der Bursch ihm die Flasche mit Wasser und den Büschel Moos, was er von der Alten bekommen hatte. »Da siehst Du, Was sie essen, und da siehst Du, Was sie trinken,« sagte er. Da wußte nun der König gleich, wie er sie gehütet hatte, und er wurde so zornig, daß er seinen Leuten befahl, sie sollten ihn sogleich aus dem Hause jagen, erst aber sollten sie ihm drei rothe Riemen aus seinem Rücken schneiden und Salz hineinstreuen. Als darauf der Bursch zu Hause kam, so kannst Du Dir wohl vorstellen, wie ihm zu Muthe war. Einmal wäre er ausgegangen, um zu dienen, sagte er: aber er thät's nicht zum zweiten Mal.

Den Tag darauf sagte der zweite Sohn, nun wolle er auch einmal in die Welt und sein Glück versuchen. Die Ältern aber sagten nein, und er möchte nur den Rücken seines Bruders betrachten; aber der Sohn bat so lange, bis sie ihn denn zuletzt reisen ließen. Wie er nun einen ganzen Tag gewandert hatte, kam er auch zu dem Königsschloß. Da stand der König auf der Treppe und fragte ihn, wo er hin wolle; und als der Bursch sagte, er wolle sich nach einem Dienst umhören, sagte der König, er könne bei ihm in Dienst kommen, wenn er seine sieben Füllen hüten wolle, setzte ihm aber dieselbe Strafe und denselben Lohn aus, wie er beides seinem Bruder ausgesetzt hatte. Ja, dem Burschen war das recht, und er nahm ohne weiteres Bedenken den Dienst an; denn er meinte, er wolle die Füllen schon hüten und dem König sagen, Was sie äßen und Was sie tränken.

Sobald es Tag wurde, ließ der Stallmeister die sieben Füllen hinaus; diese fort über Berg und Thal, und der Bursch hinter ihnen her. Aber es ging ihm nicht besser, als dem Bruder. Als er so lange hinter den Füllen hergelaufen war, bis er ganz müde geworden und über und über mit Schweiß bedeckt war, kam er ebenfalls an die Bergschlucht, wo das alte Weib saß und die Spindel dreh'te. »Komm her, mein schmucker Bursch! ich will Dir den Kopf krauen,« rief sie. Das däuchte dem Burschen ganz gut; er ließ die Füllen laufen, wohin sie wollten, setzte sich zu dem Weib in der Bergschlucht, und da lag er nun und runks'te sich den ganzen Tag.

Als die Füllen am Abend zurückkamen, gab das alte Weib ihm auch eine Flasche mit Wasser und einen Büschel Moos, welches er dem König zeigen sollte. Als aber darauf der König den Burschen fragte, ob er ihm sagen könne, Was die sieben Füllen äßen und Was sie tränken, und dieser ihm die Wasserflasche und den Moosbüschel hinhielt und sagte: »Da siehst Du, Was sie essen, und da siehst Du, Was sie trinken,« ward der König so zornig, daß er befahl, ihm drei rothe Riemen aus seinem Rücken zu schneiden und Salz hineinzustreuen und ihn dann augenblicklich fortzujagen. Wie nun der Bursch zu Hause kam, erzählte er ebenfalls, wie's ihm ergangen war, und sagte, einmal wäre er ausgegangen, um zu dienen, aber er thät's nicht zum zweiten Mal.

Den dritten Tag wollte Aschenbrödel sich aufmachen. Er hätte große Lust, sagte er, auch mal zu versuchen, die sieben Füllen zu hüten. Die Andern aber lachten und hatten ihn zum Besten. »Wenn es uns so gegangen ist,« sagten sie: »so sollst Du wohl was ausrichten, Du, der nie etwas Andres gethan hat, als auf dem Herd liegen und in der Asche wühlen.« — »Einerlei,« sagte Aschenbrödel: »ich will aber fort; denn ich hab's mir einmal in den Kopf gesetzt,« — und wie sehr die Brüder ihn auch auslachten, und die Ältern ihn bitten mochten, es half Alles nichts: Aschenbrödel mußte fort. Als er nun den ganzen Tag marschirt hatte, kam er endlich gegen Abend auch zu dem Königsschloß. Der König stand wieder draußen auf der Treppe und fragte ihn, wo er hin wolle. »Ich wollte mich nur nach einem Dienst umhören,« sagte Aschenbrödel. »Wo bist Du her?« fragte ihn der König, denn er wollte sich erst etwas näher erkundigen, eh' er wieder Jemanden in Dienst nahm. Aschenbrödel erzählte ihm nun, wo er her sei, und daß er der Bruder von den Zweien wäre, die vor ihm die Füllen gehütet hätten, und fragte, ob er den nächsten Tag nicht auch versuchen dürfte, sie zu hüten. »Twi!« sagte der König und gerieth ganz in Zorn: »bist Du der Bruder von den Zweien, so taugst Du auch wohl nicht viel mehr, als sie; von solchen Leuten habe ich schon Genug gehabt.« — »Was schadt's?« sagte Aschenbrödel: »da ich doch einmal hier bin, so könnt' ich's ja auch mal versuchen.« — »Nun ja, wenn Du denn durchaus Deinen Rücken geschunden haben willst, dann meinetwegen!« sagte der König. »Ich möchte weit lieber die Prinzessinn haben,« sagte Aschenbrödel.

Am Morgen, als es Tag wurde, ließ der Stallmeister die sieben Füllen hinaus; diese fort über Berg und über Thal, durch Rusch und durch Busch, und Aschenbrödel immer hinter ihnen her. Als er ihnen eine gute Weile nachgelaufen war, kam er auch zu der Bergschlucht; da saß wieder das alte Weib mit ihrer Spindel und rief Aschenbrödel zu: »Komm her, mein schmucker Bursch! ich will Dir den Kopf krauen!« — »Küß mich hinten!« sagte Aschenbrödel, hielt sich fest an dem Schweif des jüngsten Füllen und sprang fort. Als sie die Bergschlucht hinter sich hatten, sagte das Füllen zu ihm: »Setze Dich auf meinen Rücken, denn wir haben noch einen weiten Weg,« und das that Aschenbrödel.

Nun ging's noch ein weites Ende fort. »Siehst Du Etwas?« sagte das Füllen. »Nein,« sagte Aschenbrödel. Damit ging's noch ein gutes Ende weiter. »Siehst Du jetzt Etwas?« fragte das Füllen wieder. »Nein,« sagte der Bursch. Als sie nun eine weite, weite Strecke zurückgelegt hatten, fragte das Füllen wieder: »Siehst Du jetzt Etwas?« — »Ja, nun seh' ich etwas Weißes schimmern,« sagte Aschenbrödel: »es sieht aus wie ein großer, dicker Birkenstamm.« — »Da müssen wir hin,« sagte das Füllen. Als sie nun hinkamen, riß das älteste Füllen den Stamm aus und warf ihn bei Seite. Da öffnete sich an der Stelle, wo der Stamm gestanden hatte, eine Thür — drinnen war ein kleines Zimmer, und in dem Zimmer war nichts Anders, als ein kleiner Herd und ein paar Bänke; und hinter der Thür hing ein altes rostiges Schwert, eine Flasche und ein Krug. »Kannst Du das Schwert schwingen?« fragte das Füllen.

4

Aschenbrödel machte einen Versuch, aber er konnt's nicht schwingen. Da mußte er einen Trunk aus der Flasche thun, erst einmal, dann noch einmal, und dann noch einmal, und da konnt' er es schwingen wie gar Nichts. »Jetzt musst Du das Schwert mit Dir nehmen,« sagte das Füllen: und an Deinem Hochzeitstage musst Du uns allen sieben damit den Kopf abhauen, dann werden wir wieder zu Prinzen, wie wir ehedem waren; denn wir sind die Brüder der Prinzessinn, die Du heirathen sollst, wenn Du dem König sagen kannst, Was wir essen, und Was wir trinken; — ein böser Troll hatte diese Ham's[1] auf uns geworfen. Wenn Du uns aber dann den Kopf abgehauen hast, musst Du vorsichtig jeden Kopf beim Schwanz desjenigen Rumpfes hinlegen, auf dem er gesessen; alsdann hat der Zauber keine Macht mehr über uns.« Aschenbrödel versprach, Alles genau zu thun, wie das Füllen ihm gesagt hatte, und darauf ging es wieder fort.

Als sie nun eine lange Strecke Weges zurückgelegt hatten, fragte das Füllen: »Siehst Du Etwas?« — »Nein,« sagte Aschenbrödel. Als sie darauf ein gutes Ende weiter gekommen waren, fragte das Füllen wieder: »Siehst Du jetzt Etwas?« — »Nein, ich sehe Nichts,« sagte Aschenbrödel. Nun ging es viele, viele Meilen weit über Berge und über Thäler. Endlich fragte das Füllen wieder: »Siehst Du jetzt Etwas?« — »Ja, nun seh' ich einen blauen Streifen weit weit in der Ferne,« sagte Aschenbrödel. »Das ist ein Fluß,« sagte das Füllen: »da müssen wir hinüber.« Über den Fluß aber führte eine lange schöne Brücke, und als sie auf die andre Seite gekommen waren, ging es wieder eine lange Strecke weiter. Endlich fragte das Füllen wieder, ob Aschenbrödel Nichts sähe. Ja, da sah' er weit in der Ferne etwas Schwarzes, das sah aus wie ein Kirchthurm. »Da müssen wir hinein,« sagte das Füllen.

Als die Füllen auf den Kirchhof kamen, wurden sie wieder in Menschen verwandelt; sie sahen nun aus wie Königssöhne und hatten so prächtige Kleider an, daß es glitzerte und blitzerte. Darauf gingen sie in die Kirche und empfingen von dem Priester, der vor dem Altar stand, Brod und Wein. Aschenbrödel ging auch mit hinein; und als der Priester die Hände auf die Prinzen gelegt und sie gesegnet hatte, gingen sie wieder hinaus, und Aschenbrödel folgte ihnen nach; zuvor aber steckte er eine Flasche mit

Wein und ein Altarbrod zu sich. Sowie die Prinzen den Kirchhof verlassen hatten, waren sie wieder in Füllen verwandelt, und nun ging es wieder desselben Weges zurück, den sie gekommen waren, aber noch viel schneller, als vorher. Erst kamen sie über die Brücke, dann kamen sie zu dem Birkenstamm, und dann zu dem alten Weib, das in der Bergschlucht saß und spann. Es ging aber so schnell, daß Aschenbrödel nicht hören konnte, Was das alte Weib, das hinter ihm herschrie, sagte; so Viel verstand er jedoch, daß sie ganz bitterböse war.

Es war beinahe dunkel geworden, als er am Schloß ankam, und der König stand auf der Treppe und wartete auf ihn. »Hast Du nun die Füllen den ganzen Tag treu gehütet?« fragte er Aschenbrödel. »Ich habe mein Bestes gethan,« antwortete dieser. »So kannst Du mir denn wohl sagen, Was sie essen, und Was sie trinken,« versetzte der König. Da nahm Aschenbrödel die Flasche mit Wein und das Altarbrod hervor und sprach: »Da siehst Du, Was sie essen, und da siehst Du, Was sie trinken.« — »Ja, Du hast sie treu gehütet,« sagte der König: »und nun sollst Du die Prinzessinn und das halbe Reich haben.« Da wurde denn alsbald eine Hochzeit gefeiert, daß man sich weit und breit davon zu erzählen hatte. Als sie aber bei Tafel saßen, stand der Bräutigam von der Bank auf und ging hinunter in den Stall, um, wie er sagte, noch Etwas zu holen, das er dort vergessen hätte. Er that nun, wie die Füllen ihm gesagt hatten, und hau'te ihnen allen sieben den Kopf ab, zuerst dem ältesten, und dann den übrigen, sowie sie auf einander folgten; jeden Kopf aber legte er sorgfältig bei dem Schwanz desjenigen Rumpfes hin, auf dem er gesessen hatte, und sowie er das that, wurden alle die Füllen wieder in Prinzen verwandelt. Als er nun mit den sieben Prinzen in den Hochzeitssaal eintrat, war der König so erfreu't, daß er ihn umarmte und ihn küßte; und seine Braut hielt noch mehr von ihm, als sie schon vorher von ihm gehalten hatte. »Das halbe Reich gehört jetzt Dir,« sagte der König: »und die andre Hälfte sollst Du nach meinem Tode haben; denn meine Söhne können sich jetzt, da sie wieder Prinzen geworden sind, selber Land und Reich erwerben.« Nun war die Freude und der Jubel erst recht groß bei der Hochzeit. Ich war auch mit dabei; aber es hatte Niemand Zeit, an mich zu denken: ich bekam nichts Anders, als ein Butterbrod, das legte ich auf den Ofen, und das Brod verbrannte, und die Butter schmolz, und nie habe ich wieder das Allergeringste bekommen.

2.
Gidske.

Es war einmal ein Wittmann, der hatte eine Haushälterinn, Namens Gidske, die wollte ihn gern zum Mann haben und lag ihm immer in den Ohren, daß er sie heirathen sollte. Zuletzt wurde der Mann es überdrüssig; aber er wußte nicht, wie er's anfangen sollte, um sie los zu werden. Nun war es eben um die Zeit, daß der Hanf geschnitten werden sollte, und weil Gidske sich immer für so tüchtig und flink hielt, fing sie an, den Hanf zu schneiden und schnitt so lange, bis sie schwindlig im Kopf ward von dem strengen Geruch und umfiel und auf dem Hanf-Felde liegen blieb. Während sie nun da lag und schlief, kam der Mann mit einer Schere und schnitt ihr den Rock ganz kurz ab; darnach beschmierte er sie erst mit Talg und dann mit Ruß, so daß sie ärger aussah, als der lebendige Teufel. Als Gidske erwachte und sah, wie häßlich sie war, kannte sie sich selbst nicht mehr. »Bin ich's, oder bin ich's nicht?« sagte sie: »Nein, ich kann's nicht sein; denn so häßlich bin ich ja mein Lebtag nicht gewesen; es muß der Teufel sein.« Um nun hierüber ins Reine zu kommen, ging sie hin und öffnete ein klein wenig die Thür zu der Stube ihres Herrn und fragte: »Ist Eure Gidske zu Hause?« — »Ei freilich ist sie zu Hause!« sagte der Mann, weil er sie gern quitt sein wollte. »So kann ich also nicht Gidske sein,« dachte sie und sockte fort, und Der sich freu'te, das war der Mann. Als sie nun ein gutes Ende gegangen war, kam sie in einen großen Wald; da begegneten ihr zwei Spitzbuben. »Mit denen will ich mich ins Geleit geben,« dachte Gidske: »denn weil ich doch einmal der Teufel bin, so ist das eben für mich die rechte Gesellschaft.« Die Diebe dachten aber nicht so, sondern als sie Gidske erblickten, schwangen sie die Fersen und machten sich aus dem Staube, so schnell sie nur konnten; denn sie glaubten der Leibhaftige wäre hinter ihnen her und wollte sie holen; aber es half ihnen nicht viel; denn Gidske war langbeinig und schnell zu Fuß, und eh' sie sich's versahen, hatte sie sie eingeholt.

»Wollt Ihr aufs Stehlen aus, so will ich mit Euch und Euch helfen,« sagte Gidske: »denn ich weiß hier in der Gegend gut Bescheid.« Als die Diebe das hörten, meinten sie, das wäre eine gute Gesellschaft, und waren nun nicht länger bange.

Sie wollten gern hin und ein Schaf stehlen, sagten sie: aber sie wüßten nicht, wo wohl eins zu holen wäre. »Ach, das ist eine Kleinigkeit,« sagte Gidske: »Ich habe lange bei einem Bauern hier im Wald gedient und kann den Schafstall mitten in der Nacht finden.« Das däuchte den Spitzbuben ganz herrlich, und als sie zu dem Schafstall kamen, sollte Gidske hineingehen und herausschicken, und sie wollten's draußen in Empfang nehmen. Der Schafstall lag aber dicht an der Stube, wo der Mann schlief; darum ging Gidske ganz leise und behutsam hinein; als sie aber drinnen war, schrie sie zu den Dieben hinaus: »Wollt Ihr einen Bock, oder ein Schaf? Hier ist von Allen!« — »Scht! scht!« sagten die Diebe: »nimm bloß Einen, der brav fett ist!« — »Ja, aber wollt Ihr einen Bock, oder ein Schaf? Wollt Ihr einen Bock, oder ein Schaf? Denn hier ist Genug von Allen!« schrie Gidske. »So schweig' doch still!« sagten die Diebe: »nimm bloß Einen, der brav fett ist, dann ist's einerlei, ob's ein Bock, oder ein Schaf ist.« — »Ja, aber wollt Ihr einen Bock, oder ein Schaf? Wollt Ihr einen Bock, oder ein Schaf? Hier ist Genug von Allen!« dabei blieb Gidske. »So halt doch Dein Maul und nimm bloß Einen, der brav fett ist, ob's dann ein Bock, oder ein Schaf ist,« sagten die Diebe. Indem kam der Mann, der über den Lärm erwacht war, heraus im bloßen Hemd, und wollte sehen, Was da los war. Die Diebe liefen davon, und Gidske hinter sie drein, so daß sie den Mann über den Haufen lief. »So wartet doch! so wartet doch!« schrie sie. Der Mann, der bloß das schwarze Ungeheuer gesehen hatte, war so erschrocken, daß er anfangs gar nicht wagte, wieder aufzustehen; denn er glaubte, es sei der Teufel selber, der aus seinem Schafstall gefahren kam. Zuletzt ging er wieder ins Haus, weckte alle seine Leute auf und fing mit ihnen an, zu lesen und zu beten; denn er hatte gehört, daß man dadurch den Teufel fortbannen könne.

Den andern Abend wollten die Diebe eine fette Gans stehlen, und Gidske sollte ihnen den Weg zeigen. Als sie nun zum Gänsestall kamen, sollte Gidske hineinsteigen und herausschicken, und sie wollten's in Empfang nehmen. »Wollt Ihr eine Gans, oder einen Gänserich? Hier ist genug von Allen!« schrie Gidske, als sie in den Stall gekommen war. »Scht! scht! nimm bloß Einen, der brav fett ist!« sagten die Diebe. »Ja, aber wollt Ihr eine Gans, oder einen Gänserich? Wollt Ihr eine Gans, oder einen Gänserich? Hier ist Genug von Allen!« schrie Gidske. »Still! still! nimm bloß Einen, der brav fett ist, so ist's einerlei, ob's eine Gans, oder ein Gänserich ist, und dann halt Dein Maul!« sagten die Diebe. Während nun Gidske rief, und die Diebe sie tuschten, fing eine Gans an zu schreien, dann eine zweite, und endlich schrien sie alle mit einander, aus vollem Halse. Da sprang der Mann heraus und wollte sehen, Was es gab — die Diebe auf und davon, so schnell sie nur konnten, und Gidske hinter sie drein wie ein Unwetter, so daß der Bauer glaubte, es sei der lebendige Teufel; denn langbeinig war sie, und die Röcke hielten sie nicht auf. »So wartet doch!« rief Gidske:»Ihr könnt ja bekommen, Was Ihr wollt, ob's denn eine Gans, oder ein Gänserich ist.« Aber die Spitzbuben hatten keine Zeit, und der Bauer mit seinen Leuten fing an zu lesen und zu beten; denn sie glaubten alle nicht anders, als daß der Teufel in dem Gänsestall gewesen sei.

Den dritten Tag waren die Diebe mit sammt Gidske so hungrig, daß ihnen der Magen pfiff, und sie beschlossen daher, bei einem reichen Bauern, der am Wald wohnte, aufs Stabur zu gehen und sich Etwas zu essen zu stehlen. Gegen Abend gingen sie hin; die Diebe aber wagten sich nicht hinauf, sondern Gidske sollte aufs Stabur gehen und herunterschicken, und sie wollten's in Empfang nehmen. Als Gidske hinaufkam, war da vollauf von Allem: von Fleisch und Speck und Wurst und Erbsenbrod. Die Diebe tuschten sie und sagten, sie solle nur einige Lebensmittel herauswerfen und nicht viel Gerede machen; denn sie wüßte wohl, wie's ihnen die beiden vorigen Male gegangen wäre. Aber Gidske schrie wieder, daß es nur so schallte: »Wollt Ihr Fleisch, oder Speck, oder Wurst, oder Erbsenbrod? herrliches Erbsenbrod! Ihr könnt kriegen, Was Ihr wollt; denn hier ist Genug von Allem!« Der Mann auf dem Gehöft, der über das Geräusch erwachte, kam heraus und wollte sehen, Was es gab. Die Diebe davon, so schnell sie konnten, und Gidske ihnen nach in einer Höllenfahrt. Als der Mann das Ungethüm erblickte, glaubte er ebenfalls, der Teufel sei los, denn er hatte gehört, Was sich die beiden Abende vorher zugetragen, und er fing an zu lesen und zu beten, und mit ihm alle Leute auf dem ganzen Gehöft, damit sie den Teufel fortbannten.

Am Samstag-Abend wollten die Diebe sich einen fetten Bock zum Sonntag stehlen; sie konnten's auch wohl nöthig haben, denn sie hatten schon viele Tage gehungert; aber Gidske wollten sie das Mal nicht mit haben, denn sie richte doch bloß Unheil mit ihrem Maul an, sagten sie. Als aber am Sonntag-Morgen die Spitzbuben noch nicht zurückgekehrt waren, fühlte Gidske einen entsetzlichen Hunger — denn sie hatte in drei Tagen fast nicht das Geringste genossen — und ging daher ins Rübenfeld, gnitschte und gnatschte und zog sich eine Rübe nach der andern auf. Indeß kam der Mann gegangen, dem das Rübenfeld gehörte; wie der das schwarze Ungethüm sah, das in seinen Rüben ging und gnatschte, glaubte er ebenfalls, es sei der Lebendige. Er auf und davon nach Hause, so schnell er nur konnte und erzählte, daß der Teufel in seinem Rübenfeld wäre. Als die Leute auf dem Gehöft das hörten, erschraken sie gewaltig und glaubten, es wäre am besten, nach dem Pfarrer zu schicken, damit er den Teufel festmache. »Nein, das geht nicht an, daß wir nach dem Pfarrer schicken,« sagte die Hausfrau: »denn es ist ja Sonntag-Morgen, und da ist er noch nicht aufgestanden, und wenn er auch schon aufgestanden ist, so kommt er doch nicht, denn er muß auf seinen Text studiren.« —

»O, ich verspreche ihm ein fettes Mastkalb, dann wird er schon kommen,« sagte der Mann und machte sich auf zum Pfarrhof. Als er aber dort ankam, war der Pfarrer noch nicht aufgestanden. Das Dienstmädchen hieß den Mann eintreten, und ging hinauf zum Pfarrer und sagte, es wäre unten ein Mann, der wäre so und so und wollte gern ein Wort mit dem Herrn Pfarrer sprechen. Als der Pfarrer hörte, daß es ein so braver Mann war, der ihn sprechen wollte, stand er sogleich auf und kam herunter in Pantoffeln und mit der Nachtmütze.

Der Mann erzählte ihm nun sein Anliegen und sagte, der Teufel wäre los in seinem Rübenfeld, und wenn der Herr Pfarrer helfen wollte, ihn festzumachen, so wolle er ihm auch ein fettes Mastkalb schicken. Ja, der Pfarrer war sogleich bereit und wollte nur seinen Burschen rufen, daß er dem Pferd den Sattel auflege, während er sich ankleide. »Nein, Gevatter, das geht nicht,« sagte der Mann: »denn der Teufel lässt nicht auf sich warten, und hat er sich erst wieder aus dem Staub gemacht, so hält's schwer, ihn wieder zu attrapiren; Ihr müsst darum sogleich mit, wie Ihr geht und steht.« Der Pfarrer mußte nun fort in seinen Pantoffeln und mit der Nachtmütze; als sie aber ins Erlenbruch kamen, war der Boden so locker, daß der Pfarrer in den Pantoffeln nicht fortkonnte. Da lud der Mann ihn auf den Rücken und trug ihn huckepack, indem er ganz vorsichtig immer von einem Bülten auf den andern trat. Als sie nun ungefähr bis in die Mitte gekommen waren, bemerkte Gidske die Beiden und glaubte, es wären die Diebe, welche mit dem Bock kämen. »Ist er brav fett? ist er brav fett?« schrie sie, daß es ins Holz schallte. »Ich weiß den Teufel, ob er fett ist, oder mager,« sagte der Mann: »willst Du's aber wissen, so komm selber und sieh zu!« und damit warf er den Pfarrer mitten in die Plampe und lief davon. Und ist der Pfarrer nicht wieder aufgestanden, so liegt er wohl noch da.

3.
Die zwölf wilden Enten.

Es war einmal eine Königinn, die fuhr einst bei Winterzeit, da frischer Schnee gefallen war, in einem Schlitten. Unterweges fing ihr die Nase an zu bluten, und sie mußte daher aussteigen. Während sie nun da stand und sich an einen Zaun lehnte, betrachtete sie ihr rothes Blut in dem weißen Schnee; da dachte sie bei sich selbst:»Ich habe nun zwölf Söhne, und keine einzige Tochter; hätte ich eine Tochter, so weiß wie Schnee und so roth wie Blut, dann wollt' ich mich um die Söhne nicht weiter grämen.« Kaum hatte sie das so leise vor sich hin gesprochen, als plötzlich eine Trollhexe vor ihr stand. »Eine Tochter sollst Du bekommen,« sagte sie: »und die soll so weiß sein wie Schnee und so roth wie Blut; dann aber sollen Deine Söhne mir gehören; jedoch kannst Du sie so lange bei Dir behalten, bis die Tochter getauft ist.«

Als nun die Zeit kam, da die Königinn gebären sollte, gebar sie eine Tochter, die war weiß wie Schnee und roth wie Blut, so wie das Trollweib es ihr versprochen hatte, und darum nannte sie sie Schneeweiß und Rosenroth. Da war nun große Freude im Königsschloß, und am meisten von Allen freu'te sich die Königinn. Als sie aber gedachte, Was sie der alten Trollhexe versprochen hatte, ward ihr doch etwas wunderlich ums Herz, und sie schickte zu einem Silberschmied, der mußte ihr zwölf silberne Löffel verfertigen, einen für jeden Prinzen, und für Schneeweiß und Rosenroth ließ sie auch einen machen. Wie nun die Prinzessinn getauft war, wurden die Prinzen in zwölf wilde Enten verwandelt und flogen davon und wurden nicht mehr gesehen; fort waren sie und fort blieben sie. Die Prinzessinn wuchs indessen heran und wurde groß und außerordentlich schön; aber sie war immer so in sich selbst gekehrt und so schwermüthig, und Niemand konnte recht begreifen, Was ihr fehlte. Eines Abends, als die Königinn auch so betrübt da saß und an ihre Söhne dachte, sagte sie zu Schneeweiß und Rosenroth: »Warum bist Du immer so traurig, meine Tochter? Fehlt Dir Etwas, so sage es mir! Möchtest Du vielleicht gern Etwas haben, so sollst Du es bekommen.« — »Ach, liebe Mutter,« versetzte Schneeweiß und Rosenroth: »es kommt mir hier immer so öde vor; alle andern Kinder haben Geschwister, aber ich habe keine, und darüber bin ich so betrübt.« — »Meine Tochter,« sagte die Königinn: »Du hast auch Geschwister gehabt; denn ich hatte zwölf Söhne, welche Deine Brüder waren, aber ich habe sie alle dahingegeben, um Dich zu bekommen,« und darauf erzählte sie ihr, wie sich Alles zugetragen hatte.

Als die Prinzessinn hörte, wie es ihren Brüdern ergangen war, hatte sie keine Ruhe länger zu Hause; und wie sehr die Mutter auch weinen und sie bitten mochte, es half Alles nichts, sie wollte fort und mußte fort, um ihre Brüder wieder aufzusuchen; denn sie glaubte, sie wäre allein schuld an ihrem Unglück; und darum verließ sie zuletzt heimlich das Schloß. Sie wanderte nun so weit in die Welt hinaus, daß Du gar nicht glauben solltest, wie eine so zarte Jungfrau so weit zu wandern vermocht hätte.

Einmal war sie die ganze Nacht hindurch in einem großen Wald umhergeirrt; gegen Morgen aber wurde sie müde, setzte sich auf den Rasen hin und schlief ein. Da träumte ihr, sie ginge noch weiter in den Wald hinein, bis sie zu einer kleinen hölzernen Hütte kam, und dort drinnen waren ihre Brüder. Hierüber erwachte sie, und da sie vor sich einen gebahnten Fußsteig durch das grüne Moos sah, folgte sie diesem, bis sie tiefer im Walde zu einem hölzernen Häuschen kam, grade so, wie es ihr geträumt hatte.

Als sie hineintrat, war dort Niemand; aber es standen da zwölf Betten und zwölf Stühle, und auf dem Tisch lagen zwölf Löffel, und von allen Sachen, die sich da vorfanden, waren immer zwölf Stücke. Die Prinzessinn war nun voller Freude; denn sie konnte sich wohl denken, daß ihre Brüder da wohnen mußten, und daß sie es waren, denen die Betten und die Stühle und die Löffel gehörten. Sie machte nun Feuer im Kamin an, fegte die Zimmer und machte die Betten, darnach kochte sie Essen und putzte Alles aufs beste auf. Und als sie mit dem Kochen fertig war und für alle ihre Brüder zugerichtet hatte, setzte sie sich selber hin und aß, legte dann ihren Löffel auf den Tisch und kroch unter das Bett des jüngsten Bruders.

Kaum war sie hinuntergekrochen, so hörte sie ein gewaltiges Sausen in der Luft, und bald darauf kamen zwölf wilde Enten angeflogen; aber sowie sie über die Thürschwelle kamen, verwandelten sie sich augenblicklich in die Prinzen, ihre Brüder. »Ach wie gut hier Alles aufgeräumt, und wie es hier so schön warm ist!« sagten sie: »Gott lohne Dem, der uns die Stube so schön geheizt und so herrliches Essen für uns gekocht hat!« und darauf nahm jeder seinen silbernen Löffel, um damit zu essen; aber wie jeder den seinigen genommen hatte, blieb doch noch einer zurück, und der war den übrigen so ähnlich, daß sie ihn nicht davon unterscheiden konnten. Da sahen die Prinzen einander an und verwunderten sich sehr. »Das ist der Löffel unsrer Schwester,« sagten sie: »und ist der Löffel hier, so kann sie selber auch nicht weit sein.« —

»Ist es unsre Schwester, und sie findet sich hier,« sagte der älteste: »so soll sie getödtet werden; denn sie ist schuld an all unserm Unglück.« — »Nein,« sagte der jüngste: »es wäre Sünde, sie zu tödten, sie kann ja nichts dafür, daß wir Übles erdulden; sollte Jemand daran schuld sein, so ist es Niemand anders, als unsre eigne Mutter.«

Sie fingen nun an zu suchen, sowohl oben, als unten, und zuletzt suchten sie auch unter allen Betten, und als sie zu dem Bett des jüngsten Prinzen kamen, fanden sie die Prinzessinn, und zogen sie hervor. Der älteste Prinz wollte nun wieder, sie sollte getödtet werden; aber sie bat gar zu flehentlich und sagte: »Ach, tödtet mich doch nicht! ich bin viele Jahre lang herumgewandert, um Euch aufzusuchen, und wenn ich Euch erlösen könnte, wollte ich gern mein Leben dafür lassen.« — »Ja wenn Du uns erlösen willst,« sagten sie: »so sollst Du das Leben behalten; denn wenn Du willst, so kannst Du es.« — »Ja, sagt mir nur, wie ich es machen soll, dann will ich Alles thun, was Ihr verlangt,« sagte die Prinzessinn. »Dann musst Du die Dunen von der Butterblume sammeln,« sagten die Prinzen: »und die musst Du kratzen und spinnen und weben, und wenn das Gewebe fertig ist, musst Du es zuschneiden und zwölf Mützen, zwölf Hemden, und zwölf Halstücher davon machen, für jeden von uns ein Stück; aber in der Zeit, daß Du damit beschäftigt bist, darfst Du weder sprechen, noch weinen, noch lachen; kannst Du das, so sind wir erlös't.« – »Wo soll ich aber die vielen Dunen zu all den Hemden, Mützen und Tüchern herbekommen?« fragte Schneeweiß und Rosenroth. »Das sollst Du schon erfahren,« sagten die Prinzen, und darauf führten sie sie hinaus auf eine große, große Wiese; da standen so viele Butterblumen mit weißen Dunen, die nickten im Winde und glänzten im Sonnenschein, daß man den Glanz schon weit in der Ferne sehen konnte. Noch nie hatte die Prinzessinn zuvor so viele Butterblumen gesehen, und sie fing sogleich an zu pflücken und zu sammeln, so Viel sie nur fortschaffen konnte; und als sie am Abend zu Hause kam, begann sie sogleich, die Dunen zu kratzen und Garn davon zu spinnen. So fuhr sie eine lange Zeit fort, sie sammelte jeden Tag die Dunen der Butterblumen und kratzte und spann sie, und dabei wartete sie zugleich den Prinzen auf: sie kochte für sie und machte ihnen die Betten; und jeden Abend kamen ihre Brüder als wilde Enten nach Hause geflogen, und des Nachts waren sie Prinzen, des Morgens aber flogen sie wieder als wilde Enten davon.

Nun geschah es einmal, als Schneeweiß und Rosenroth auf die Wiese gegangen war, um sich Dunen von der Butterblume zu sammeln – wenn ich nicht irre, so war es das letzte Mal, daß sie welche sammeln wollte – daß der junge König, der das Land regierte, auf der Jagd war, und nach der Wiese ritt, wo Schneeweiß und Rosenroth war. Als der König sie erblickte, wunderte er sich sehr über die schöne Jungfrau, welche da ging und die Dunen der Butterblume sammelte. Er hielt still und redete sie an; da er aber keine Antwort von ihr erhielt, ward seine Verwunderung noch größer, und weil ihm das Mädchen so wohl gefiel, wollte er sie mit sich auf sein Schloß führen und sie zu seiner Gemahlinn nehmen. Er gab daher seinen Dienern den Befehl, sie auf sein Pferd zu setzen; Schneeweiß und Rosenroth aber rang ihre Hände und deutete auf die Säcke, worin sie ihre Arbeit hatte; und als der König begriffen hatte, Was sie meinte, befahl er seinen Dienern, auch die Säcke mit aufzuladen. Als das geschehen war, gab die Prinzessinn sich nach und nach zufrieden; denn der König war ein sehr schöner Mann, und er war so sanft und so freundlich gegen sie. Als sie aber aufs Schloß kamen, und die alte Königinn, die Stiefmutter des jungen Königs, Schneeweiß und Rosenroth erblickte, ward sie so neidisch und so aufgebracht über ihre große Schönheit und sagte zum König: »Siehst Du denn nicht, daß es eine Trollhexe ist, die Du mitgebracht hast? denn sie kann ja weder sprechen, noch lachen, noch weinen.« Der König aber bekümmerte sich nicht darum, was seine Mutter sagte, sondern hielt Hochzeit mit der schönen Jungfrau und lebte mit ihr herrlich und vergnügt; sie aber unterließ nicht, fortwährend an den Hemden zu nähen.

Ehe das Jahr um war, kam Schneeweiß und Rosenroth mit einem Prinzen nieder; darüber wurde die alte Königinn noch neidischer und noch mehr erbittert, und als es Nacht wurde, schlich sie sich, während die junge Königinn schlief, in ihr Zimmer, nahm ihr das Kind weg und warf es in die Schlangengrube; darnach schnitt sie sie in den Finger, bestrich ihr mit dem Blute den Mund und ging dann hinein zum König und sprach: »Komm jetzt und siehe, was es für Eine ist, die Du zur Gemahlinn genommen hast; jetzt hat sie ihr eignes Kind gefressen.« Da ward der König so betrübt, daß er beinahe Thränen vergoß, und er sagte: »Ja, es muß wohl wahr sein, weil ich es vor meinen eignen Augen sehe; aber sie thut es gewiß nicht wieder; dieses Mal will ich sie schonen.«

Ehe das Jahr um war, gebar die Königinn wieder einen Sohn, und mit diesem ging es eben so, wie mit dem ersten. Die Stiefmutter des Königs ward diesmal noch neidischer und noch mehr erbittert; sie schlich sich in der Nacht wieder in das Zimmer der jungen Königinn, während diese schlief, nahm ihr das Kind weg und warf es in die Schlangengrube, schnitt darauf die Königinn in den Finger, bestrich ihr mit dem Blute den Mund und sagte dann zum König, seine Gemahlinn hätte wieder ihr eignes Kind gefressen. Da ward der König so betrübt, daß Du's gar nicht glauben kannst, und er sagte: »Ja, es muß wohl wahr sein, weil ich es vor meinen eignen Augen sehe; aber sie wird es gewiß nicht wieder thun; dieses eine Mal will ich sie noch schonen.«

Ehe das Jahr wieder um war, kam Schneeweiß und Rosenroth mit einer Tochter danieder, und die nahm die alte Königinn ebenfalls und warf sie in die Schlangengrube, während die junge Königinn schlief, schnitt sie in den Finger, bestrich ihr mit dem

Blute den Mund und ging dann wieder zum König und sprach:
»Komm jetzt und siehe, ob es nicht wahr ist, Was ich sage, daß sie
eine Trollhexe ist; denn jetzt hat sie auch ihr drittes Kind aufge-
fressen.« Da ward der König so betrübt, daß es gar nicht zu sagen
ist; denn jetzt konnte er sie nicht länger schonen, sondern mußte
den Befehl geben, sie lebendig zu verbrennen. Als nun der Scheiterhaufen in Flammen stand, und sie hinaufsteigen sollte, gab sie
durch Mienen und Geberden zu verstehen, sie sollten zwölf Bret-
ter nehmen und sie um den Scheiterhaufen legen, und darauf
legte sie die Hemden und die Mützen und die Tücher ihrer Brüder; aber an dem Hemd des jüngsten Bruders fehlte noch der
linke Arm, den hatte sie nicht fertig bekommen können. Kaum
war dies geschehen, so hörte man ein Sausen und ein Brausen in
der Luft, und darauf kamen zwölf wilde Enten über den Wald
her geflogen, und jede von ihnen nahm ein Hemd, eine Mütze
und ein Halstuch in den Schnabel und flog damit fort. »Siehst Du
nun,« sagte die böse Stiefmutter zu dem König: »daß sie eine
Trollhexe ist? Mach jetzt schnell und verbrenne sie, ehe die
Flammen das Holz verzehren.« — »Damit hat's noch keine Eile,«
sagte der König: »denn Holz haben wir genug, und ich habe große Lust, zu sehen, Was das Ende hievon sein wird.« In demselben
Augenblick kamen die Prinzen geritten, so schön und so wohlge-
bildet, wie man sie nur sehen kann; der jüngste Prinz aber hatte
anstatt des linken Arms einen Entenflügel. »Was habt Ihr hier
vor?« fragten die Prinzen. »Meine Gemahlinn soll verbrannt werden,« sagte der König: »weil sie eine Trollhexe ist und ihre eignen
Kinder gefressen hat.« — »Sie hat ihre Kinder nicht gefressen,«
sagten die Prinzen: »Sprich jetzt, Schwester! Nun hast Du uns
errettet, errette jetzt Dich selbst!« Da sprach Schneeweiß und
Rosenroth und erzählte, wie Alles sich zugetragen hatte, und daß
jedesmal, wenn sie ins Kindbette gekommen, die alte Königinn
sich in ihr Zimmer geschlichen und ihr das Kind weggenommen,
und sie darnach in den Finger geschnitten und ihr mit dem Blute
den Mund bestrichen hätte. Und die Prinzen nahmen den König
und führten ihn hinaus zu der Schlangengrube; da lagen die drei
Kinder und spielten mit den Schlangen und den Nattern, und
schönere Kinder, als die waren, konnte man gar nicht sehen. Da
nahm der König sie mit sich und brachte sie zu seiner Stiefmutter

und fragte sie, was Der wohl für eine Strafe verdient hätte, der im Sinne gehabt, eine unschuldige Königinn und drei so allerliebste Kinder zu verrathen. »Der verdiente, daß er von zwölf wilden Pferden in Stücke zerrissen würde,« sagte die alte Königinn. »Du hast selbst das Urtheil gesprochen, und selber sollst Du die Strafe erleiden,« sagte der König; und darauf wurde die alte böse Königinn an zwölf wilde Pferde gebunden und in Stücke zerrissen. Schneeweiß und Rosenroth aber reis'te mit dem König, ihrem Gemahl, und ihren Kindern und den zwölf Prinzen, ihren Brüdern, nach Hause zu ihren Ältern und erzählte ihnen, was ihr Alles begegnet war; und nun war lauter Freude und Jubel im ganzen Königreich, weil die Prinzessinn errettet war, und sie auch ihre zwölf Brüder erlös't hatte.

4.
Der Meisterdieb.

Es war einmal ein Kathenmann, der hatte drei Söhne; er hatte ihnen aber kein Erbe zu geben und war so arm, daß er sie nicht einmal ein Gewerbe konnte lernen lassen. Da sagte er eines Tages zu ihnen, sie müßten selber zusehen, wie sie fortkämen, und könnten lernen, wozu sie Lust hätten, und reisen, wohin sie wollten, er wolle sie gern noch eine Strecke auf den Weg begleiten. Und das that er denn auch, er begleitete sie bis da, wo drei Wege sich theilten; da nahmen die Söhne von dem Vater Abschied, und jeder zog seine Straße. Wo die beiden ältesten geblieben sind, habe ich nie erfahren können; aber der jüngste marschirte tapfer drauf zu und kam weit hinaus in die Welt.

Eines Nachts, als er durch einen großen Wald marschirte, kam ein gewaltiges Unwetter über ihn; es weh'te und stöberte so heftig, daß er fast die Augen im Kopf nicht offen halten konnte, und eh' er sich recht besann, war er in die Irre gekommen und konnte weder Weg, noch Steg mehr finden. Zuletzt erblickte er weit hin im Walde einen Lichtschimmer; er ging grade darauf zu und kam endlich zu einem großen Gebäude, in welchem ein helles Feuer auf dem Herd brannte, woraus er schließen konnte, daß die Leute noch nicht zu Bett gegangen waren. Er trat hinein, und drinnen war eine alte Frau, die puttelte da herum.

»Guten Abend!« sagte der Bursch. »Guten Abend!« sagte die Frau. »Hutetu! es ist so böses Wetter draußen die Nacht!« sagte der Bursch. »Das ist wahr,« sagte die Frau. »Kann ich hier keine Herberge die Nacht kriegen?« fragte der Bursch. »Hier ist keine gute Herberge für Dich,« sagte die Frau: »denn kommen die Leute zu Hause und finden Dich hier, so tödten sie Dich und mich dazu.« — »Was sind es denn für Leute, die hier wohnen?« fragte der Bursch. »Ach, es sind lauter Räuber und Spitzbuben,« sagte die Frau: »mich haben sie geraubt, als ich noch ganz klein war, und nun muß ich ihnen die Wirthschaft führen.« — »Ich glaube, ich nehme hier gleichwohl Quartier,« sagte der Bursch: »es mag gehen, wie es will; denn hinaus will ich nicht wieder bei Nachtzeit in solchem Unwetter.« — »Am schlimmsten ist das immer für

Dich selbst,« sagte die Frau.

Der Bursch legte sich darauf in ein Bett, das da stand, aber er hütete sich wohl, daß er einschlief. Bald darnach kamen die Räuber an, und das alte Weib erzählte ihnen sogleich, es wär' ein fremder Kerl ins Haus gekommen, der hätte nicht wieder fort wollen.

»Hast Du nicht gesehen, ob er Geld bei sich hatte?« fragten die Räuber. »Ja, der und Geld, der Lump!« sagte die Frau: »er hat kaum Kleider auf dem Leibe.« Die Räuber flüsterten nun mit einander, Was wohl mit ihm anzufangen wäre, ob sie ihn tödten sollten, oder Was sie sonst mit ihm anfangen sollten. Indessen stand der Bursch auf und fragte sie, ob sie nicht einen Knecht gebrauchen könnten, denn er hätte große Lust, bei ihnen zu dienen. »Ja,« sagten sie: »wenn Du Lust hast und das Handwerk treiben willst, das wir treiben, so kannst Du bei uns in Dienst kommen.« — »Ja, es ist ganz einerlei, was es für ein Handwerk ist,« sagte der Bursch: »denn als ich von Hause abreis'te, sagte mein Vater zu mir, ich könnte lernen, Was ich selber wollte.« — »Hast Du denn Lust, das Stehlen zu lernen?« sagten die Räuber. »Ja,« sagte der Bursch: »das Handwerk möcht' ich wohl lernen.«

Nun wohnte nicht weit davon ein Mann, der hatte drei Ochsen; einen davon wollte er zur Stadt bringen und ihn verkaufen, und das hatten die Räuber ausspionirt. Da sagten sie zu dem Burschen, wenn er im Stande wäre, dem Mann unterweges den Ochsen zu stehlen, so daß er's nicht gewahr würde, und ohne daß er ihm Was zu Leide thäte, so wollten sie ihn in Dienst nehmen, sonst nicht. Der Bursch sagte, er wollt's versuchen, und nahm mit sich einen schön gearbeiteten Schuh mit silberner Schnalle, welchen er da vorfand, den setzte er in den Weg hin, wo der Mann mit der Kuh herkommen sollte, ging dann etwas tiefer in den Wald hinein und verbarg sich unter einen Strauch. Es dauerte nicht lange, so kam der Mann an. »Das wäre ja ein ganz hübscher Schuh!« sagte er: »hätte ich bloß den andern dazu, so wollt' ich beide mit nach Hause nehmen, dann glaub' ich, würde meine Altsche wohl einmal gutes Sinnes,« denn er hatte eine sehr böse und schlimme Frau, und zwischen Schläge und Prügel, die er von ihr bekam, war immer keine lange Zeit. Nun meinte er aber, könne er mit dem einen Schuh doch Nichts anfangen, wenn er nicht den andern dazu hätte; darum ließ er ihn stehen und ging weiter. Da nahm der Bursch den Schuh und eilte, daß er dem Mann vorauskam, indem er durch den Wald lief, so daß jener ihn nicht sehen konnte, und setzte den Schuh wieder vor ihm in den Weg hin. Als der Mann mit seinem Ochsen ankam und den Schuh sah, war er so verdrießlich, daß er so dumm gewesen war und vorhin den andern Schuh nicht mitgenommen hatte. »Ich muß wohl nur zurücklaufen und den andern nachholen,« sagte er bei sich selbst und band den Ochsen an einen Zaun fest: »so krieg' ich doch mal ein paar gute Schuh für meine Altsche; vielleicht, daß sie dann gutes Sinnes wird.«

Er ging nun zurück und suchte nach dem Schuh die Länge und die Breite; aber all sein Suchen war umsonst; zuletzt mußte er denn mit dem einen Schuh zurückgehen. Indessen hatte sich aber der Bursch mit dem Ochsen davon gemacht. Als der Mann zurückkam und sah, daß der Ochs fort war, fing er an zu weinen und zu lamentiren; denn er war so bange vor seiner Frau und fürchtete, sie möchte ihn todtschlagen, wenn sie erführe, daß der Ochs fort war. Da fiel es ihm aber ein, daß er noch zwei andre Ochsen im Stall hatte, und er ging zurück nach Hause, nahm den einen Ochsen und machte sich damit auf nach der Stadt, ohne daß die Frau Etwas davon gewahr ward. Das hatten aber die Räuber wieder ausspionirt und sagten daher zu dem Burschen, wenn er dem Mann auch den zweiten Ochsen stehlen könnte, ohne daß er es merkte, und ohne daß er ihm Was zu Leide thäte, so sollte er Ihresgleichen sein. Ja, meinte der Bursch, das wäre eben nicht schwer.

Diesmal aber nahm er einen Strick mit und hängte sich mitten auf dem Wege, wo der Mann vorbei mußte, unter den Armen auf. Als nun der Mann mit seinem Ochsen ankam und ihn da hangen sah, ward er ein wenig verdutzt und sagte: »Dir muß schwer zu Sinn gewesen sein, guter Freund, daß Du Dich da aufgeknüpft hast; meinetwegen aber magst Du da hangen, so lange Du willst; denn ich kann Dir doch kein Leben wieder einblasen,« und damit ging er weiter mit seinem Ochsen. Als er fort war, sprang der Bursch wieder herunter vom Baum, lief einen Richtsteig, so daß er dem Mann vorauskam und hängte sich wieder mitten im Wege auf. »Ob Dir wirklich so schwer zu Sinn gewesen ist, daß Du Dich da aufgeknüpft hast, oder ob es bloß bei mir spukt?« sagte der Mann: »Meinetwegen aber magst Du da hangen, so lange Du willst, ob Du nun ein Gespenst bist, oder Was Du sonst sein magst,« und damit ging er weiter mit seinem Ochsen. Der Bursch machte es wieder eben so, wie das vorige Mal, hüpfte herunter vom Baum, lief den Richtsteig durch den Wald und hängte sich wieder mitten im Wege auf. Als der Mann ihn gewahr ward, sagte er bei sich selbst: »Das ist ja eine gräßliche Geschichte! Sollte ihnen denn so schwer zu Sinn gewesen sein, daß sie sich alle drei aufgeknüpft haben? Ich kann's aber nicht mal glauben, es spukt wohl bloß bei mir.« »Nun will ich aber Gewißheit haben,« sagte er: »Hangen die andern Beiden noch da, dann ist's wirklich so; hangen sie aber nicht da, so ist's nichts Anders, als Spuk,« und damit band er seinen Ochsen fest und lief zurück, um zu sehen, ob sie noch da hingen. Während er nun nach allen Bäumen hinaufguckte, sprang der Bursch wieder herunter, nahm den Ochsen und machte sich damit aus dem Staube. Als der Mann zurückkam und sah, daß der Ochs fort war, da war's Päckchen wieder fertig: er fing an zu weinen und zu lamentiren; endlich aber gab er sich doch zufrieden, denn er dachte bei sich selbst: »Da ist kein andrer Rath, ich muß wieder nach Hause und den dritten Ochsen auch holen, ohne daß meine Frau es gewahr wird, und muß dann versuchen, ihn um so viel besser zu verhandeln, damit ich wieder zu meinem Schaden komme.« Er ging nun zurück und holte sich auch den dritten Ochsen, ohne daß seine Frau es gewahr ward. Die Räuber wußten aber wieder sehr gut Bescheid und sagten zu dem Burschen, wenn er ihm nun auch diesmal den Ochsen stehlen könnte, ohne daß der Mann es merkte, und ohne daß er ihm Was zu Leide thäte, so sollte er Meister sein über sie alle zusammen.

Der Bursch machte sich wieder auf und lief in den Wald; und als der Mann mit dem Ochsen daher kam, fing er an zu brüllen wie ein andrer großer Ochs. Als der Mann das hörte, ward er froh, denn er meinte, seinen Mastochsen an der Stimme zu erkennen, und glaubte, nun würde er sie alle beide wieder bekommen, band den dritten Ochsen fest und lief abseits in den Wald und suchte da herum. Während dessen aber machte der Bursch sich auch mit dem dritten Ochsen davon. Als der Mann zurückkam und sah, daß der auch fort war, ward ihm ganz hutlig zu Muthe; er weinte und lamentirte und ließ sich in vielen Tagen nicht wieder zu Hause sehen; denn er war bange, seine Frau möchte ihn rein todtschlagen. Den Räubern aber wollte es gar nicht behagen, daß sie nun den Burschen als Meister über sich alle zusammen anerkennen sollten.

Nun gedachten sie einmal einen Streich auszuführen, den der Bursch ihnen nicht sollte nachmachen können; sie reis'ten daher alle mit einander fort und ließen ihn allein zurück.

Das Erste, was der Bursch that, als die Andern das Haus verlassen hatten, war, daß er alle die drei Ochsen hinausjagte, worauf diese wieder nach dem Stall des Mannes, dem er sie genommen hatte, zurückliefen, und Der sich freu'te, das war der Mann, kannst Du glauben. Darauf nahm er alle Pferde, welche die Räuber hatten, und belud sie mit dem Besten, was er vorfand, mit Gold und Silber und Kleidern und andern prächtigen Sachen, und sagte dann zu der Frau, sie solle die Räuber nur von ihm grüßen, er ließe sich vielmal bedanken, und er reise jetzt fort; aber es sollte ihnen schwer fallen, ihn wieder einzuholen, und damit reis'te er ab.

Wie er nun eine lange Zeit gereis't hatte, kam er wieder auf den Weg, von wo er zuerst in den Wald zu den Räubern gekommen war, und diesen verfolgte er so lange, bis er wieder in das Dorf kam, wo sein Vater wohnte. Zuvor aber zog er sich eine Montirung an, die grade wie für einen General gemacht war, die hatte er unter den Sachen gefunden, die er von den Räubern mitgenommen, und damit fuhr er auf den Hof, wie ein großer Herr. Dort stieg er ab und ging in's Haus zu seinem Vater und fragte ihn, ob er keine Herberge bei ihm bekommen könne. Nein, das könne er ganz und gar nicht. »Wie sollte ich wohl Herberge haben für einen so großen Herrn?« sagte der Mann: »ich habe kaum Betten, worauf ich selbst liegen kann, und die sind noch dazu schlecht genug.« — »Du bist immer ein harter Mann gewesen, und das bist Du auch noch,« sagte der Bursch: »da Du Deinem eignen Sohn nicht einmal Herberge geben willst.« — »Bist Du denn mein Sohn?« fragte der Mann. »Kennst Du mich denn nicht mehr?« sagte der Bursch. Ja, da erkannte er ihn wieder. »Aber Was hast Du denn gelernt, daß Du in der Geschwindigkeit ein solcher Kerl geworden bist?« fragte ihn der Vater. »Das will ich Dir sagen,« versetzte der Bursch: »Du sagtest ja, ich könnte lernen, wozu ich Lust hätte, und da gab ich mich denn bei Räubern und Spitzbuben in die Lehre, und nun hab' ich meine Lehrzeit ausgestanden und bin Meisterdieb geworden.«

Nun wohnte dicht neben seinem Vater der Amtmann, der hatte ein großes, herrliches Schloß und so viel Geld, daß er's nicht zählen konnte, und dann hatte er auch eine Tochter, die war von außerordentlicher Schönheit; die wollte nun der Meisterdieb gern haben und sagte zu seinem Vater, er solle zum Amtmann gehen und seine Tochter für ihn begehren. »Wenn er Dich fragen sollte, was für ein Handwerk ich treibe, so kannst Du nur sagen, ich sei Meisterdieb,« sagte er. »Ich glaube, Du bist toll und verrückt,« sagte der Mann: »denn klug kannst Du unmöglich sein, wenn Du solche Narrheit im Kopf hast.« Ja, er solle und müsse zum Amtmann gehen und ihn um seine Tochter bitten, es wäre kein andrer Rath, sagte der Bursch. »Das thu' ich wahrhaftig nicht!« sagte der Vater: »Wie kann ich wohl zum Amtmann gehen, der so reich ist und so viel Geld hat, und für Dich um seine Tochter bitten? das geht mein Lebtag nicht an!« Es half aber nichts, er sollte und mußte hin, und wenn er nicht mit Gutem wollte, so sollte er mit Gewalt, sagte der Meisterdieb. Da ging der Mann fort und kam weinend und heulend zum Amtmann. »Was fehlt Dir?« fragte ihn der Amtmann. Da erzählte ihm der Mann, daß er drei Söhne hätte, welche eines Tages fortgereis't wären, und er hätte ihnen erlaubt, zu reisen, wohin sie wollten, und zu lernen, wozu sie Lust hätten; »und nun ist der jüngste zurückgekommen und will mit aller Gewalt, ich soll zu Dir gehen und Deine Tochter für ihn begehren und sollte sagen, er wäre Meisterdieb,« sagte der Mann und weinte und lamentirte ganz jämmerlich. »Gieb Dich nur zufrieden,« sagte der Amtmann und lachte: »und grüße Deinen Sohn nur von mir und sage ihm, er müßte erst Proben von seiner Geschicklichkeit ablegen; wenn er daher am Sonntag den Braten vom Spieß in meiner Küche stehlen könnte, während alle meine Leute darauf Acht hätten, so sollte er meine Tochter bekommen.«

Mit diesem Bescheid kam der Vater zu seinem Sohn zurück; der aber meinte, das solle ihm ein Leichtes sein. Er sah nun zu, daß er drei lebendige Hasen bekam, die steckte er in einen Sack, behängte sich mit einigen Lumpen, so daß er ganz armselig und jämmerlich aussah, und dann schlich er sich am Sonntag-Vormittag, wie so ein andrer Betteljunge, mit seinem Sack auf die Diele des Amtmanns. Der Amtmann selbst und alle Leute im Hause waren in der Küche und wollten auf den Braten Acht geben. Da ließ der Bursch einen Hasen aus dem Sack schlüpfen, der — hast Du mich nicht gesehen! fort und auf dem Hof herum, daß es eine Höllenwirthschaft war. »Seht einmal den Hasen da!« sagten die Leute in der Küche und wollten hinaus und ihn fangen. Der Amtmann sah ihn auch. »O lasst ihn laufen!« sagte er: »es nützt nicht, einen Hasen im Sprunge fangen zu wollen.« Es dauerte nicht lange, so ließ der Bursch den zweiten Hasen hinaus; den sahen die Leute in der Küche ebenfalls und glaubten, es wäre noch derselbe; nun wollten sie hinaus und ihn fangen; aber der Amtmann sagte wieder, es könne nichts nützen. Nach einer Weile ließ der Bursch den dritten Hasen hinaus, der wieder fort und auf dem Hof herum die Kreuz und die Quer. Als die Leute den sahen, glaubten sie, es sei immer noch der erste, und nun wollten sie wieder hinaus und ihn fangen. »Das ist doch auch ein schnurriger Hase!« sagte der Amtmann: »Kommt, Jungens, und lasst uns mal sehen, ob wir ihn erwischen können!« Er hinaus, und die Andern ihm nach, und der Hase voran, und sie alle hinterher, daß es ein Mordspectakel war. Mittlerweile aber nahm der Meisterdieb den Braten vom Spieß und lief damit fort, — und wo da der Amtmann einen Braten zum Mittag herbekam, weiß ich nicht; so Viel aber weiß ich wohl, daß er das Mal keinen Hasenbraten bekam, obwohl er gelaufen hatte, daß ihm der Schweiß von der Stirn troff.

Am Mittag kam der Pfarrer aufs Schloß, und als der Amtmann ihm erzählte, was der Meisterdieb ihm für einen Streich gespielt hatte, machte dieser sich über ihn lustig und wollte sich immer todt lachen. »Ich weiß nicht, wie ich mich von einem solchen Kerl sollte foppen lassen,« sagte der Pfarrer. »Ja, nimm Dich nur in Acht,« sagte der Amtmann: »vielleicht ist er bei Dir, eh' Du Dir's versiehst.« Der Pfarrer aber machte sich fortwährend über den Amtmann lustig, weil dieser sich hatte bei der Nase herumführen lassen.

Am Nachmittag kam der Meisterdieb und wollte die Tochter des Amtmanns haben, wie dieser ihm versprochen hatte. »Du musst erst noch mehr Proben ablegen,« sagte der Amtmann und gab ihm gute Worte: »denn das Kunststück, das Du heute gemacht hast, war eben nicht der Rede wert. Sieh mal zu, ob Du nicht dem Pfarrer einen Possen spielen kannst; denn der sitzt da drinnen und macht sich über mich lustig, weil ich mich von einem Kerl, wie Du bist, bei der Nase habe herumführen lassen.« Der Meisterdieb meinte, das sollte eben nicht schwer sein, und ging sogleich fort und traf seine Anstalten: er verkleidete sich in einen Vogel, hängte sich ein großes weißes Laken um, brach einer Gans die Flügel ab und machte sie sich am Rücken fest, und dann kroch er auf einen großen Ahornbaum, der in dem Garten des Pfarrers stand. Als am Abend der Pfarrer nach Hause kam, rief der Bursch vom Baum herunter: »Herr Lars! Herr Lars!« denn der Pfarrer hieß Herr Lars. »Wer ruft mich?« fragte der Pfarrer. »Ich bin ein Engel vom Himmel, der ausgesandt ist vom lieben Gott, um Dir zu verkündigen, daß Du lebendig ins Himmelreich kommen sollst von wegen Deiner Frömmigkeit,« sagte der Meisterdieb: »Den nächsten Montag musst Du Dich reisefertig halten; denn alsdann komme ich und hole Dich ab in einem Sack, und all Dein Gold und Dein Silber und Was Du sonst von den Eitelkeiten dieser Welt besitzest, musst Du auf einen Haufen in Deiner großen Stube zusammenlegen.« Herr Lars fiel auf seine Knie und dankte dem Engel, und am Sonntag-Morgen, als er auf die Kanzel stieg, predigte er vor den Leuten, daß ihm ein Engel vom Himmel erschienen wäre auf dem großen Ahornbaum in seinem Garten, der hätte ihm verkündigt, daß er sollte lebendig ins Himmelreich kommen von wegen seiner Frömmigkeit, und er predigte und deutete ihnen das Wort Gottes, daß alle Leute, die in der Kirche waren, darüber weinen mußten.

Am Montag kam der Meisterdieb wieder in der Gestalt eines Engels, und der Pfarrer fiel auf die Knie und betete und dankte ihm, bevor er in den Sack gesteckt wurde, und als er hinein war, nahm der Meisterdieb den Sack und schleppte ihn an der Erde mit sich fort über Stock und über Stein. »Au! au!« schrie der Pfarrer im Sack: »wo bin ich?« — »Du bist auf dem engen Wege, der in das Himmelreich führt,« sagte der Meisterdieb und schleppte den Sack immer weiter, so daß dem Pfarrer die Rippen im Leibe krachten; zuletzt warf er ihn in den Gänsestall des Amtmanns. Da flogen die Gänse auf ihn und fingen an zu zischen und ihn zu beißen, und der Pfarrer war in seinem Sack mehr todt, als lebendig. »Au! au! wo bin ich jetzt?« rief er. »Jetzt bist Du im Fegefeuer, um gereinigt und geläutert zu werden für das ewige Leben,« sagte der Meisterdieb, ging fort und holte sich all das Gold und das Silber und die kostbaren Sachen, die der Pfarrer in seiner großen Stube zusammengehäuft hatte.

Am Morgen, als das Gänsemädchen kam und die Gänse aus dem Stall lassen wollte, hörte sie den Pfarrer drinnen im Sack jammern. »Sagt mir um Gotteswillen, Wer seid Ihr und Was fehlt Euch?« sagte das Mädchen: »Ach,« rief der Pfarrer: »bist Du ein Engel vom Himmel, so laß mich hinaus und schicke mich wieder zurück auf die Erde, denn hier ist's noch viel schlimmer, als in der Hölle; tausend Teufel zwicken mich überall mit ihren Zangen.« — »Ich bin, Gott bessre es! kein Engel,« sagte das Mädchen und half dem Pfarrer aus dem Sack: »ich hüte bloß die Gänse des Amtmanns, und das sind auch wohl die Teufel, die Euch gezwickt haben, Gevatter,« sagte sie. »Ach, das hat der Meisterdieb gethan! Ach, mein Gold und mein Silber und meine schönen Kleider!« schrie der Pfarrer und jammerte und lamentirte und lief fort nach Hause, so daß das Mädchen glaubte, er habe rein den Verstand verloren.

Als der Amtmann die Geschichte erfuhr und hörte, wie der Pfarrer sowohl auf dem engen Wege, als im Fegefeuer gewesen war, wollte er sich beinahe todtlachen. Als aber der Meisterdieb kam und seine Tochter haben wollte, schwatzte er ihm wieder süß vor und sagte: »Du musst erst eine Probe ablegen, die noch besser ist, damit ich recht erfahre, wozu Du taugst. Ich habe zwölf Pferde in meinem Stall stehen, auf die will ich zwölf Knechte setzen, einen auf jedes. Bist Du nun im Stande, ihnen die Pferde unter dem Hosenleder wegzustehlen, so will ich sehen, Was ich für Dich thun kann.« — »Das ließe sich schon machen,« sagte der Meisterdieb: »Bekomme ich dann aber auch ganz gewiß Deine

Tochter?« — »Ja, kannst Du das, so will ich mein Bestes thun,« sagte der Amtmann.

Der Meisterdieb begab sich jetzt zu einem Krämer und kaufte sich zwei Flaschen Branntwein, aber in die eine goß er einen Schlaftrunk; dann bestellte er sich elf Knechte, die mußten sich in der Nacht hinter die Scheune des Amtmanns verstecken. Für Geld und gute Worte bekam er auch von einer alten Frau einen lumpigen Weiberrock und eine Jacke, womit er sich wie ein altes Weib verkleidete; darauf nahm er einen Stock in die Hand und einen Beutel auf den Nacken, und als es Abend wurde, hinkte er fort nach dem Stall des Amtmanns. Als er dort ankam, tränkten die Leute eben die Pferde zur Nacht und hatten dabei alle Hände voll zu thun. »Was Teufel willst Du denn hier?« sagte einer von den Stallknechten zu dem vermeintlichen Weibe. »Hutetu! es ist so kalt draußen!« sagte das Weib und klapperte mit den Zähnen: »lasst mich ein wenig bei Euch in den Stall kriechen.« — »Wo Dich der Teufel nicht plagt! Pack Dich fort!« sagte der eine von den Knechten: »denn kriegt der Amtmann Dich hier zu sehen, so lässt er uns tanzen.« — »Ach, das alte kümmerliche Weib!« sagte ein andrer, der Mitleid mit ihr zu haben schien: »lasst nur die Alte sich in den Stall hinsetzen; sie thut gewiß Keinem Was zu nah.« Die Andern aber sagten, daraus könne Nichts werden, und während sie sich hierüber zankten und die Pferde tränkten, kroch der Meisterdieb immer weiter nach dem Stall zu, und endlich schlüpfte er hinter die Thür, wo ihn nachher weiter Keiner bemerkte.

Auf die Nacht hin kam es den Leuten ein wenig kalt an, so still und unbeweglich auf den Pferden zu sitzen. »Hutetu! es ist kalt wie der Teufel!« sagte der Eine und schlug die Arme um den Leib. »Wer nur ein Bischen Tabak hätte!« sagte ein Andrer. Ein Dritter hatte denn ein Päckchen, und das theilten sie; es war zwar nicht Viel für jeden, aber sie kau'ten und spuckten, und das half ein wenig. Bald darnach waren sie wieder gleich schlimm daran. »Hutetu!« sagte der Eine und schüttelte sich. »Hutetu!« sagte das Weib und klapperte mit den Zähnen, nahm die Flasche mit Branntwein hervor und zitterte so heftig mit der Hand, daß es schwappte in der Flasche, und trank dann, daß es ihr Kluck! im

Halse sagte. »Was hast Du da in der Flasche?« sagte einer von den Stallknechten. »Ach, es ist nur ein Tröpfchen Branntwein,« sagte sie. »Was? Branntwein? Gieb mal her! gieb mal her!« schrien sie alle zugleich. »Ach, ich habe nur so wenig,« sagte sie: »Ihr werdet nicht einmal naß davon im Mund.« Aber es half nichts, sie wollten durchaus einen Schluck haben. Da nahm die Alte die Flasche mit dem Schlaftrunk, hielt sie jedem vor den Mund und ließ ihn davon trinken, so Viel er brauchte, und der Zwölfte hatte noch nicht getrunken, als der Erste schon da saß und schnarchte. Darauf warf der Meisterdieb seine Lumpen ab und nahm den einen Kerl nach dem andern und setzte sie vorquer auf die Balken, rief dann seine elf Leute – und fort jagte er mit allen zwölf Pferden.

Als der Amtmann am Morgen herauskam und nach seinen Knechten sehen wollte, wachten diese eben auf und fingen an, mit den Spornen in die Balken zu hauen, daß die Splitter davon flogen, und einige von den Knechten fielen herunter, andre blieben hangen, und die andern saßen da wie Narren. »Ja, ich kann's mir schon denken, Wer hier gewesen ist,« sagte der Amtmann: »Ihr seid aber doch ganz elende Kerls, daß Ihr hier sitzt und Euch den Meisterdieb die Pferde unterm Hosenleder wegstehlen lasst!« und damit bekamen sie ihre gehörige Schmiere.

Später am Tage kam der Meisterdieb selbst und erzählte alle Umstände und wollte jetzt die Tochter des Amtmanns haben, so wie dieser ihm versprochen hatte. Der Amtmann aber gab ihm hundert Thaler und sagte, er müsse erst einen Streich ausführen, der noch besser wäre. »Meinst Du, daß Du wohl das Pferd unter mir selbst stehlen könntest, wenn ich darauf reite?« sagte der Amtmann. »Das ließe sich schon machen,« sagte der Meisterdieb: »bekäme ich dann nur eben so gewiß Deine Tochter.« Ja, er wollte sehn, Was er thun könnte, sagte der Amtmann und bestimmte einen Tag, an welchem er zu einem großen Exercirplatz hinausreiten wollte.

Der Meisterdieb erhandelte sich eine alte abgelebte Schindmähre, flocht sich einen Sielen aus Weiden und Besenreisern, kaufte einen alten Karren und ein großes Faß und sagte dann zu einem alten zahnlosen Weib, er wolle ihr zehn Thaler geben, wenn sie in das Faß kriechen und über dem Zapfenloch gaffen wolle, er würde dann den Finger hineinstecken, — Leides sollte ihr nicht geschehen — sie sollte bloß ein wenig fahren — und wenn er den Finger öfter, als einmal herauszöge, so sollte sie noch zehn Thaler dazu haben. Darauf zog er einige alte Lumpen an, machte sich im Gesicht unkenntlich mit Ruß, setzte sich eine Perrücke auf und heftete sich einen Bart von Ziegenhaaren an, so daß Keiner ihn wiedererkennen konnte, und damit karjuckelte er nach dem Exercirplatz, wo der Amtmann schon eine Weile geritten hatte.

Es ging aber so langsam und so traurig, daß er fast nicht vom Fleck kam; er dusselte und dusselte; dann stand das Fuhrwerk ganz still; dann ging es wieder ein wenig, aber so traurig, daß der Amtmann nimmer darauf verfallen konnte, daß das der Meisterdieb sein könne; er ritt daher grade auf ihn zu und fragte ihn, ob er nicht Jemanden dort im Walde hätte herumschleichen sehen. Nein, sagte der Mann, er hätte Keinen gesehen. »Höre,« sagte der Amtmann: »reite doch einmal in den Wald und sieh zu, ob nicht Einer da herumschleicht; ich will Dir so lange mein Pferd leihen und Dir auch ein gutes Trinkgeld geben.« — »Nein,« sagte der Mann: »das kann ich nicht; denn ich soll dieses Methfaß zu einer Hochzeit fahren; nun ist mir aber unterweges der Zapfen herausgefallen, und darum muß ich beständig den Finger ins Loch halten.« — »Reite Du nur hin!« sagte der Amtmann: »Ich werde schon derweile auf Dein Pferd und auf das Faß Acht haben.« Ja, dann sollte aber der Amtmann geschwind den Finger ins Loch stecken, wenn er seinen herauszöge. Das that denn der Amtmann auch, und der Meisterdieb setzte sich aufs Pferd. Die Zeit aber verstrich, und es kam Niemand zurück. Zuletzt ward's der Amtmann überdrüssig, immer den Finger ins Loch zu halten, und er zog ihn heraus. »Nun krieg ich noch zehn Thaler dazu!« schrie das Weib drinnen im Faß. Da erschrak der Amtmann, denn er merkte nun wohl, wie die Sache sich verhielt, und begab sich schnell auf den Heimweg. Unterweges brachten sie ihm schon sein Pferd entgegen, das der Meisterdieb bereits zu Hause bei ihm abgeliefert hatte.

Tages darauf kam der Bursch zum Amtmann und wollte

seine Tochter haben, so wie dieser ihm versprochen hatte. Der Amtmann schwatzte ihm wieder Allerlei vor, gab ihm zweihundert Thaler und sagte, er müßte noch ein Probestück machen, könnte er das, dann sollte er auch ganz gewiß seine Tochter haben. »Laß mich hören, Was es ist,« sagte der Meisterdieb. »Kannst Du mir denn wohl das Laken aus meinem Bett stehlen und meiner Frau das Hemd vom Leibe?« sagte der Amtmann. »Das sollte sich schon machen lassen,« sagte der Meisterdieb: »hätte ich nur eben so gewiß Deine Tochter.«

Als es nun Nacht geworden war, ging der Meisterdieb zum Galgen und schnitt einen armen Sünder los, nahm ihn auf den Nacken und trug ihn fort; darnach holte er sich eine große Leiter, die stellte er an das Kammerfenster des Amtmanns, stieg dann hinauf und bewegte den Todten auf und ab, grade als wenn Einer von außen ins Fenster guckte. »Das ist der Meisterdieb, Frau!« sagte der Amtmann und stieß sie in die Seite. »Jetzt schieß ich ihn!« sagte er und nahm die Büchse, die er vor sein Bett hingelegt hatte. »Nein, thu das nicht, Mann!« sagte die Frau: »Du hast ihn ja selber herbestellt.« — »Ja, ich schieß ihn, dann bin ich ihn quitt,« sagte der Amtmann und fing an zu zielen. Bald aber war der Kopf oben, bald war er wieder unten; endlich aber bekam der Amtmann ihn doch aufs Korn, knallte los, und der Todte bumps'te zur Erde nieder. Der Meisterdieb herunter von der Leiter, so schnell er nur konnte.

»Ich bin nun zwar selbst die hohe Obrigkeit,« sagte der Amtmann: »ich möchte aber doch nicht gern, daß die Leute Etwas zu reden hätten; darum ist's am besten, ich stehe auf und begrabe den Todten.« — »Ja, thu, wie es Dir gut dünkt, Mann,« sagte die Frau. Da stand der Amtmann auf und ging hinunter, den Todten zu begraben; während er aber zur Thür hinausging, schlüpfte der Meisterdieb zum Fenster hinein. »Nun, Mann,« sagte die Frau — denn sie glaubte es wäre der Amtmann — »bist Du schon fertig?« — »Ja,« sagte der Meisterdieb: »ich steckte ihn bloß in ein Loch und scharrte etwas Erde darüber, und so weit ist er nun verwahrt. Es ist so ein abscheuliches Wetter draußen, ich will's schon ein andermal besser machen. Gieb mir aber das Laken,« sagte er: »damit ich mich abtrockne, denn ich habe mich über und über mit Blut besudelt.« Die Frau gab ihm das Laken. »Du musst mir auch noch Dein Hemd geben,« sagte er: »denn das Laken verschlägt nicht, merke ich.« Sie gab ihm nun auch noch ihr Hemd. Da fiel es ihm ein, daß er vergessen hatte, die Thür zuzumachen, und das mußte er erst, eh' er sich wieder zu Bett legte — und fort ging er mit dem Laken und mit dem Hemd. Eine Weile darnach kam der rechte Amtmann. »Nein, wie lange Zeit Du gebraucht hast, um die Thür zuzumachen!« sagte die Frau: »Wo hast Du aber nun das Laken und mein Hemd gelassen?« — »Was sagst Du?« rief der Amtmann. »Ich frage, wo Du das Laken und mein Hemd gelassen hast, das ich Dir gab, um Dich damit abzutrocknen?« sagte sie. »Ei zum Teufel!« rief der Amtmann: »ist er nun damit auch fort?«

Am Tage kam der Meisterdieb wieder und verlangte die Tochter des Amtmanns, wie dieser ihm versprochen hatte, und da durfte nun der Amtmann nicht anders, sondern gab sie ihm und noch viel Geld dazu; denn er fürchtete, der Meisterdieb möchte ihm zuletzt noch die Augen aus dem Kopf stehlen, und daß er gar zu sehr ins Gerede käme. Der Meisterdieb lebte nun mit der Tochter des Amtmanns lustig und vergnügt. Ob er nach dieser Zeit noch wieder stahl, kann ich nicht mit Gewißheit sagen; that er es aber, so geschah es wohl nur zu seinem eignen Vergnügen.

5.
Die drei Schwestern im Berge.

Es war einmal eine alte Wittfrau, die wohnte mit ihren drei Töchtern weit vom Dorfe unten an einem Berg. Sie war aber so arm, daß sie weiter Nichts besaß, als nur ein Huhn, und das hatte sie so lieb, wie ihren Augapfel; sie tickerte damit herum und warf ihm Körner zu früh und spät. Eines Tages aber war das Huhn fort. Die Frau ging überall um das Haus herum und suchte und lockte; aber das Huhn war fort und blieb fort. Da sagte sie zu ihrer ältesten Tochter: »Du musst hingehen und zusehen, daß Du das Huhn wiederfindest; denn her muß es wieder, und sollten wir es auch aus dem Berg holen.« Die Tochter ging fort und suchte und lockte überall; aber kein Huhn war zu finden. Da schallte es auf einmal aus der Bergwand:

»Das Hühnchen trippelt im Berge!

Das Hühnchen trippelt im Berge!«

Das Mädchen ging hin und wollte zusehen. Da öffnete sich aber plötzlich unter ihr eine Fallthür, und sie fiel tief hinab in ein Gewölbe unter der Erde. Als sie darin weiter ging, kam sie durch viele schöne Zimmer, das eine noch immer prächtiger, als das andre. In dem innersten Zimmer aber kam ein großer Bergmann auf sie zu, der fragte sie: »Willst Du meine Braut sein?« Nein, sagte das Mädchen, das wollte sie ganz und gar nicht, sie wollte wieder hinauf und nach ihrem Huhn suchen, das fortgekommen wäre. Da ward der Bergmann so zornig, daß er sie nahm und ihr den Kopf abriß und ihn mit sammt dem Rumpf in einen Keller hinabwarf.

Die Mutter saß indessen zu Hause und wartete von einer Zeit zur andern; aber die Tochter war nicht da und kam nicht. Sie wartete nun noch eine gute Zeit; da das Mädchen aber immer noch nicht kam, sagte sie zu ihrer zweiten Tochter, sie solle hingehen und sich nach ihrer Schwester umsehen, und dann solle sie zugleich das Huhn locken.

Der zweiten Tochter ging es nun eben so, wie der ersten, sie suchte und lockte überall, und plötzlich hörte sie es aus der

Bergwand rufen:

»Das Hühnchen trippelt im Berge!

Das Hühnchen trippelt im Berge!«

Das kam ihr ganz wunderbar vor, und als sie hingehen wollte und zusehen, Was es zu bedeuten hatte, da fiel sie ebenfalls
durch die Fallthür in das unterirdische Gewölbe hinab. Sie ging
nun durch viele Zimmer, und in dem innersten kam der Bergmann auf sie zu und fragte sie, ob sie seine Braut sein wollte.
Nein, das wollte sie ganz und gar nicht, sie wollte sogleich wieder hinauf und nach ihrem Huhn suchen, das fortgekommen
wäre. Da ward der Bergmann so zornig, daß er sie nahm und ihr
den Kopf abriß und ihn sammt dem Rumpf in den Keller hinabwarf.

Als nun die Frau auch auf die zweite Tochter schon eine lange Zeit gewartet hatte, und diese immer noch nicht kam, sagte sie
zu der jüngsten: »Nun musst Du einmal hingehen und Dich nach
Deinen Schwestern umsehen.« »Schlimm genug,« sagte sie: »daß
uns das Huhn wegkam; sollten wir aber Deine Schwestern noch
dazu verlieren, so wäre das noch weit schlimmer; vergiß aber
nicht, unterweges das Huhn zu locken.«

Die jüngste Tochter ging nun fort und suchte und lockte ü-
berall herum; aber keine Schwestern waren zu finden, und kein
Huhn war zu sehen. Endlich kam sie auch zu der Bergwand, und
nun rief es wieder:

»Das Hühnchen trippelt im Berge!

Das Hühnchen trippelt im Berge!«

Das, däuchte dem Mädchen, wäre ja herrlich; sie wollte
sogleich hin und es holen; aber ehe sie sich's versah, fiel sie ebenfalls in das Gewölbe hinunter. Wie sie nun durch die vielen Zimmer ging, wovon das eine immer noch schöner war, als das andre, ließ sie sich gute Zeit und betrachtete Alles genau, denn sie
war ganz und gar nicht bange. Endlich bemerkte sie eine Keller-
klappe, die hob sie auf und sah hinunter; da erkannte sie alsbald
ihre Schwestern, welche beide da lagen und todt waren. Wie sie

eben die Klappe wieder zugemacht hatte, kam der Bergmann an. »Willst Du meine Braut sein?« fragte er sie. »Ja, recht gern,« sagte das Mädchen, denn sie konnte sich nun wohl denken, wie es ihren Schwestern ergangen war. Als der Troll das hörte, ward er seelenfroh und schenkte ihr die schönsten und prächtigsten Kleider und Alles, was sie sich nur wünschen mochte, so sehr freu'te er sich, daß Eine mal seine Braut sein wollte.

Als das Mädchen sich nun einige Zeit bei dem Trollen aufgehalten hatte, war sie eines Tages ganz traurig und betrübt. Der Troll fragte sie, Was ihr fehle. »Ach,« sagte sie: »es betrübt mich so sehr, daß ich nicht zu Hause bei meiner Mutter sein kann; die leidet gewiß Hunger und Durst und hat keinen Menschen um sich.« — »Ja, Dich zu ihr gehen lassen, kann ich nicht,« sagte der Troll: »aber thu nur etwas Essen in einen Sack, dann will ich's ihr schon bringen.« Dafür dankte das Mädchen ihm und nahm einen Sack und füllte ihn mit lauter Gold und Silber an, aber oben darauf legte sie Etwas zu essen, und sagte dann zu dem Trollen, nun wäre der Sack fertig, aber er dürfe nicht zusehen, Was drin wäre; das mußte er ihr versprechen. Na, er wollt's auch nicht thun. Als er fortging, sah sie ihm nach durch ein Loch, das in der Fallthür war. Unterweges sah sich der Troll um und sagte: »Der ist doch auch verdammt schwer, der Sack! ich muß doch mal zusehen, Was drin ist,« und damit wollte er das Band auflösen. Aber das Mädchen rief ihm zu: »Ich sehe Dich! ich sehe Dich!« — »Das ist doch auch zum Kukuk, was Du für Augen im Kopf hast!« sagte der Troll und wagte nun keinen weitern Versuch. Als er bei der Wittwe ankam, warf er den Sack durch die Thür hinein. »Da hast Du Was zu essen von Deiner Tochter!« sagte er: »sie kann's entbehren.«

Wie nun das Mädchen schon eine gute Zeit bei dem Trollen im Berge zugebracht hatte, fiel eines Tages ein Ziegenbock durch die Fallthür hinunter. »Wer hat nach dir geschickt, du langrippiges Beest!« rief der Troll und war entsetzlich böse, nahm den Bock, dreh'te ihm den Kopf um und warf ihn hinunter in den Keller. »Ach, warum hast Du das gethan?« sagte das Mädchen: »ich hätte ja meinen Zeitvertreib damit haben können.« — »Nun, Du brauchst darum eben das Maul nicht schief zu machen,« sagte der Troll: »er soll bald wieder lebendig werden.« Darauf nahm er einen Krug, der an der Wand hing, setzte dem Ziegenbock den Kopf wieder auf und bestrich ihn mit der Salbe aus dem Krug, und da war der Bock wieder eben so frisch und munter, als zuvor. »Haha!« dachte das Mädchen: »der Krug ist Was werth!«

Als sie nun noch eine gute Zeit bei dem Trollen gewesen war, ersah sie eines Tages die Gelegenheit, da der Troll nicht zu Hause war, nahm die älteste Schwester und setzte ihr den Kopf auf und bestrich sie dann mit der Salbe aus dem Krug, so wie sie gesehen, daß der Troll es mit dem Ziegenbock gemacht hatte; und als das geschehen war, ward die Schwester sogleich wieder lebendig. Sie steckte sie nun in einen Sack, legte ein wenig Essen oben drauf, und wie der Troll nach Hause kam, sagte sie zu ihm: »Ach, willst Du nicht zu meiner Mutter gehen und ihr ein wenig Essen bringen? sie leidet gewiß Hunger und Durst, die Arme! Aber Du musst auch nicht in den Sack sehen.« Nein, er wollte nicht hineinsehen, sagte der Troll, nahm den Sack und marschirte damit fort. Wie er aber ein Ende gegangen war, däuchte ihm, der Sack wäre so verdammt schwer, und als er noch etwas weiter gegangen war, sagte er: »Ich möchte doch wohl wissen, Was drin ist, und was sie auch für Augen im Kopf haben mag, so kann sie mich doch jetzt nicht mehr sehen.« Als er aber nun das Band auflösen wollte, rief die Schwester, die in dem Sack war: »Ich seh' Dich wohl! ich seh' Dich wohl!« — »Das ist doch auch zum Kukuk mit Deinen Augen!« sagte der Troll, denn er glaubte, es wäre Die im Berge, welche das sagte. Er wagte nun nicht weiter, den Sack zu öffnen, sondern lief damit, was er nur konnte, zu der Mutter, und als er an die Thür kam, warf er den Sack hinein und rief: »Da hast Du Essen von Deiner Tochter! sie kann's entbehren.«

Wie nun das Mädchen noch eine gute Zeit in dem Berg gewesen war, machte sie es eben so mit der zweiten Schwester: sie setzte ihr den Kopf auf, bestrich sie mit der Salbe aus dem Krug und steckte sie in den Sack. Aber das Mal legte sie oben drauf so viel Gold und Silber, als nur hinein konnte, und ganz oben darauf legte sie ein Wenig zu essen. »Ach,« sagte sie zu dem Trollen: »Willst Du nicht zu meiner Mutter gehen und ihr wieder ein Wenig Essen bringen? aber Du darfst ja nicht in den Sack sehen.« Ja, er wollte wohl hingehen und wollt' auch nicht hineinsehen, sagte der Troll. Als er aber eine Strecke weit gekommen war, däuchte ihm, der Sack würde so verdammt schwer, und als er noch etwas weiter gekommen war, konnte er ihn beinah nicht mehr tragen. Er wollte nun das Band auflösen und in den Sack gucken; aber da rief die Schwester, welche drinnen war: »Ich seh' Dich wohl! ich seh' Dich wohl!« — »Das ist doch auch zum Kukuk, was Du für Augen im Kopf hast!« sagte der Troll und wagte nicht weiter, in den Sack zu sehen, sondern trug ihn, so schnell er nur konnte, gradesweges zu der Mutter, und als er an's Haus kam, warf er ihn durch die Thür hinein und rief: »Da hast Du Essen von Deiner Tochter! sie kann's entbehren.«

Als nun das Mädchen noch eine gute Zeit in dem Berg gewesen war, wollte der Troll einmal ausgehen. Das Mädchen aber stellte sich schwach und elend an und sagte: »Es kann nichts nützen, daß Du vor zwölf Uhr zu Hause kommst; denn ich kann das Essen heut doch nicht so früh fertig kriegen, weil ich so schwach bin.« Als darauf der Troll gegangen war, stopfte sie ihre Kleider mit Stroh aus und stellte die Strohdirne in die Ecke am Herd hin mit einem Quirl in der Hand, so daß es aussah, als wäre sie es selbst. Darauf schlich sie sich aus dem Berg und lief fort nach Hause; unterweges aber sprach sie sich einen Schützen auf, und den nahm sie mit.

Als die Uhr zwölf war, oder so ungefähr, kam der Troll nach Hause: »Gieb mir Was zu essen!« rief er der Strohdirne zu; aber die antwortete nicht. »Gieb mir Was zu essen, sag' ich Dir!« rief der Troll: »denn ich bin hungrig.« Keine Antwort. »Gieb mir Was zu essen!« schrie der Troll zum dritten Mal: »und wenn Du nicht thust, Was ich Dir sage, werde ich Dich aus dem Schlaf wecken.« Aber die Dirn stand da, ohne sich zu rühren. Da wurde der Troll rasend und stieß sie mit dem Fuß, daß die Halme umherstoben. Als er aber das sah, merkte er Unrath und begann zu suchen im ganzen Berg herum, und zuletzt kam er auch hinunter in den Keller; da waren aber die beiden Schwestern des Mädchens fort, und nun konnte er sich wohl den ganzen Zusammenhang denken. »Ja, das will ich ihr bezahlen!« sagte er und machte sich auf nach dem Hause der Mutter. Als er aber an die Thür kam, knallte der Schütz los. Wie der Troll das hörte, wagte er nicht, hineinzugehen, denn er glaubte, es wäre der Donner, und lief wieder fort nach Hause, so schnell er nur konnte. Eh' er aber zu der Fallthür kam, ging die Sonne auf, und da barst er. — Wenn ich bloß wüßte, wo die Fallthür wäre; denn da ist gewiß noch Gold und Silber Genug zu holen.

6.
Von dem Riesen, der kein Herz im Leibe hatte.

Es war einmal ein König, der hatte sieben Söhne, von denen hielt er so viel, daß er nicht leben konnte ohne sie; einer wenigstens mußte immer um ihn sein. Als die Söhne groß waren, sollten die sechs ältesten ausziehen und sich eine Frau suchen; den jüngsten aber wollte der Vater bei sich zu Hause behalten, und die andern sollten eine Prinzessinn für ihn mitbringen. Der König gab nun den sechs Prinzen die schönsten Kleider, die man sehen konnte, sie waren so schön, daß man den Glanz schon weit in der Ferne sah, und jedem gab er ein Pferd, das kostete viele, viele hundert Thaler, und damit reis'ten sie fort. Als sie nun an vielen Königshöfen gewesen waren und viele Prinzessinnen gesehen hatten, kamen sie endlich auch zu einem König, der sechs Töchter hatte; so schöne Königstöchter aber hatten die Prinzen noch nie gesehen, und jeder frei'te um eine von ihnen und bekam sie zur Braut, und darauf begaben sie sich mit den Prinzessinnen wieder auf den Heimweg zu ihrem Vater; sie waren aber in ihre Bräute so verliebt, daß sie es ganz vergaßen, auch eine Prinzessinn für Aschenbrödel mitzubringen, der zu Hause geblieben war.

Wie sie nun schon eine gute Strecke Weges zurückgelegt hatten, kamen sie an einer steilen Bergwand vorbei, wo ein Riesenschloß war. Der Riese kam heraus, und als er sie sah, verwandelte er sie alle in Stein, sowohl die Prinzen, als die Prinzessinnen. Der König wartete immerfort auf seine Söhne; aber wie lange er auch warten mochte, sie kehrten nicht zurück. Da ward der König sehr betrübt und konnte nimmer wieder froh werden. »Hätte ich nicht Dich noch,« sagte er zu Aschenbrödel: »so möchte ich gar nicht mehr in der Welt leben.« Aschenbrödel aber bat den König, daß er ihm erlauben möchte, fortzureisen, um seine Brüder wieder aufzusuchen. »Nein, das kann ich nicht,« sagte der König: »denn Du kommst nachher auch nicht wieder.« Aber Aschenbrödel wollte durchaus fort und bat seinen Vater so lange, bis er ihn endlich reisen ließ. Nun hatte der König aber kein andres Pferd für Aschenbrödel, als eine alte elende Kracke; denn die sechs andern Königssöhne hatten alle die andern Pferde bekommen. Das kümmerte Aschenbrödel aber wenig; er setzte sich auf seine alte Kracke und reis'te fort. »Lebe wohl, Vater!« sagte er, als er abreis'te: »ich werde schon wiederkommen, und vielleicht bringe ich dann meine Brüder auch mit.«

Als er ein Ende geritten war, traf er auf dem Wege einen Raben an, der lag da und schlug mit den Flügeln und konnte vor lauter Hunger und Mattigkeit nicht von der Stelle. »Ach, gieb mir doch ein Wenig zu essen,« sagte der Rabe: »dann will ich Dir auch wieder helfen, wenn Du mal in Noth kommst.« — »Ja, Viel hab' ich eben nicht,« sagte der Königssohn: »und Du siehst auch gar nicht darnach aus, daß Du mir große Hülfe leisten könntest; weil Du es aber so nöthig zu haben scheinst, will ich Dir wohl geben, Was ich vermag,« und darauf öffnete er seinen Ranzen und gab dem Raben zu essen. Wie er nun ein Ende weiter gereis't war, kam er zu einem Bach. Nicht weit davon lag ein großer Lachs, der auf das trockne Land gekommen war, und zappelte und konnte nicht wieder zurück ins Wasser. »Ach hilf mir doch wieder in's Wasser,« sagte der Lachs: »Ich will Dir auch wieder helfen, wenn Du mal in Noth kommst.« — »Ja, Deine Hülfe wird mir wohl nicht viel nützen,« sagte der Königssohn: »aber es wäre ja Sünde, Dich hier umkommen zu lassen,« und damit setzte er den Fisch wieder ins Wasser. Nun reis'te er ein gutes Ende weiter; da traf er auf dem Wege einen Wolf an, der lag da und wand und krümmte sich vor lauter Hunger. »Ach gieb mir doch Dein Pferd zu fressen,« sagte der Wolf: »denn ich bin so hungrig, daß mir der Magen schlottert, weil ich in zwei Jahren Nichts zu essen bekommen habe.« — »Nein,« sagte Aschenbrödel: »das kann ich nicht! Erst kam ich zu einem Raben, dem mußte ich mein Essen geben; darauf kam ich zu einem Lachs, dem mußte ich wieder ins Wasser helfen; und Du willst nun gar mein Pferd haben; das geht nicht, dann weiß ich nicht, wie ich meine Reise fortsetzen soll.« — »Ja, Du musst mir helfen,« sagte der Wolf: »Du kannst nachher auf mir reiten; ich will Dir auch wieder helfen, wenn Du mal in Noth kommst.« — »Ja, Was Du mir helfen kannst, hat wohl nicht Viel zu bedeuten,« sagte der Prinz: »aber nimm das Pferd nur hin, weil Du's doch so nöthig hast.« Als der Wolf das Pferd gefressen hatte, gab Aschenbrödel ihm das Gebiß ins Maul und legte ihm den Sattel auf den Rücken; denn der Wolf war jetzt so stark und so groß geworden von Dem, was er gefressen hatte, weit größer, als ein Pferd. Wie Aschenbrödel sich aufgesetzt hatte, legte der Wolf mit ihm los; aber so schnell hatte Aschenbrödel noch nie geritten. Als sie nun schon einen guten Weg hinter sich hatten, sagte der Wolf: »Wenn wir noch ein kleines Ende weiter gekommen sind, dann werde ich Dir das Riesenschloß zeigen.« Es dauerte nicht lange, so waren sie da. »Hier siehst Du das Schloß,« sagte der Wolf: »und dies hier sind Deine sechs Brüder, die der Riese in Stein verwandelt hat, und das da sind ihre sechs Bräute; dort siehst Du auch die Thür zu dem Schloß, und da musst Du hineingehen.« — »Nein,« sagte der Königssohn: »der Riese bringt mich um.« — »Sei nur ohne Furcht,« versetzte der Wolf: »denn wenn Du hineinkommst, triffst Du dort eine Prinzessinn an, die wird Dir wohl sagen, wie Du es machen musst, um den Riesen zu tödten; und thu dann nur, wie sie Dir sagt.« Aschenbrödel ging darauf hinein, und wie er durch mehre Zimmer gekommen war, saß in dem einen die Prinzessinn; aber eine so schöne Jungfrau hatte er noch nie gesehen. »Ach, Gott steh Dir bei!« sagte sie, als sie ihn erblickte: »Wie bist Du hier hereingekommen? Dein Tod ist Dir gewiß; denn hier wohnt ein Riese, den kann Niemand tödten, weil er kein Herz im Leibe hat.« — »Ich will es aber doch versuchen,« sagte Aschenbrödel: »denn darum bin ich hergekommen; und meine Brüder, welche hier in Stein verwandelt sind, wollte ich auch gern erretten, und Dich dazu, wenn ich könnte.« Wie nun die Prinzessinn ihn durchaus nicht überreden konnte, wieder fortzugehen, sagte sie zu ihm: »Laß uns denn zusehen, wie wir's am besten anfangen: Krieche hier unter dieses Bett, und da musst Du still liegen bleiben und genau zuhören, Was der Riese sagt, wenn ich ihn ausfrage.« Er kroch nun unter's Bett, und kaum war das geschehen, so kam der Riese an. »Hutetu! hier riecht's so nach Menschenfleisch!« rief er. »Ja, es flog hier eine Elster vorbei mit einem Knochen im Schnabel, den ließ sie durch den Schornstein fallen,« sagte die Prinzessinn: »ich habe mich zwar beeilt, ihn hinwegzuschaffen; aber es muß wohl noch der Geruch davon zurückgeblieben sein;« und damit war der Riese zufrieden gestellt. Als es Abend wurde, legten sie sich zu Bett, und wie sie eine Weile gelegen hatten, sagte die Prinzessinn: »Da ist Eins, wonach ich Dich gern fragen wollte, aber Du musst auch nicht böse werden.« — »Was ist denn das?« fragte der Riese.

»O,« sagte sie: »ich möchte gern wissen, wo Du Dein Herz hast, weil Du es doch nicht bei Dir trägst.« – »Das ist Etwas, wonach Du nicht zu fragen brauchst,« sagte der Riese: »sonst liegt es dort unter der Thürschwelle.« – »Aha! da wollen wir's schon finden!« dachte Aschenbrödel, der unter dem Bett lag.

Am nächsten Morgen stand der Riese früh auf und streifte nach dem Wald zu. Kaum war er fort, so fingen Aschenbrödel und die Prinzessinn an, unter der Thürschwelle zu suchen; aber was sie auch suchen und graben mochten, so fanden sie doch Nichts. »Diesmal hat er uns angeführt,« sagte die Prinzessinn: »aber wir müssen's noch einmal versuchen.« Darauf pflückte sie die schönsten Blumen, die sie finden konnte, und bestreu'te damit die Thürschwelle, nachdem sie dieselbe vorher wieder in Stand gebracht hatten. Wie es um die Zeit war, daß sie den Riesen zu Hause erwarteten, mußte Aschenbrödel wieder unter's Bett kriechen. »Hutetu! hier riecht's so nach Menschenfleisch!« sagte der Riese, als er eintrat. »O, das ist wohl noch der Knochen von gestern,« sagte die Prinzessinn, und damit war der Riese zufrieden. Nach einer Weile fragte er, Wer denn all die schönen Blumen auf die Thürschwelle gestreu't hätte. »O, das habe ich gethan,« sagte die Prinzessinn. »Und wozu soll das?« fragte der Riese. »Meinst Du denn nicht, daß ich Dich so lieb habe, um die Schwelle mit Blumen zu bestreuen, wenn ich weiß, daß Dein Herz darunter liegt?« sagte die Prinzessinn. »Ah so!« sagte der Riese: »sonst liegt es aber nicht da.«

Als sie sich am Abend zu Bett gelegt hatten, bat die Prinzessinn ihn, er möchte ihr doch sagen, wo sein Herz wäre; denn sie hielt so viel von ihm, sagte sie, und darum möchte sie es so gern wissen. »O, es liegt dort in dem Wandschrank,« sagte der Riese. »Haha!« dachte Aschenbrödel: »da wollen wir's schon finden!« Den nächsten Morgen machte der Riese sich wieder früh auf und streifte nach dem Wald zu. Kaum aber war er gegangen, als Aschenbrödel und die Königstochter den ganzen Schrank durchsuchten, um sein Herz zu finden; aber wie fleißig sie auch suchten, so fanden sie auch diesmal Nichts. »Wir müssen's noch einmal probiren,« sagte die Prinzessinn. Sie schmückte nun den Schrank mit Blumen und mit Kränzen, und gegen Abend mußte

Aschenbrödel wieder unter's Bett kriechen. Darauf kam der Riese an. »Hutetu! hier riecht's so nach Menschenfleisch!« sagte er, als er eintrat. »Ach, es ist wohl immer noch der alte Knochen,« sagte die Prinzessinn: »der Geruch will gar nicht wieder fort.« Damit war der Riese zufrieden und sagte weiter Nichts. Wie er aber darauf den Schrank erblickte, der mit Blumen und Kränzen geschmückt war, fragte er die Prinzessinn, Wer das gethan hätte. »Ach, das habe ich gethan,« sagte sie. »Und wozu soll die Thorheit?« fragte er. »Meinst Du denn nicht, daß ich Dich so lieb habe, um den Schrank mit Blumen und Kränzen zu schmücken, wenn ich weiß, daß Dein Herz darin liegt?« sagte sie. »Kannst Du so närrisch sein und das glauben?« sagte der Riese. »Ich muß es ja wohl glauben, wenn Du es sagst,« versetzte die Prinzessinn. »Du bist ein Narr!« sagte der Riese: »wo mein Herz ist, dahin kommst Du nie.« — »Du könntest mir aber doch wohl sagen, wo es ist,« sagte sie. Nun konnte der Riese nicht anders, sondern mußte es ihr sagen. »Weit, weit von hier in einem Wasser,« sagte er: »liegt eine Insel; auf der Insel steht eine Kirche; in der Kirche ist ein Brunnen; in dem Brunnen schwimmt eine Ente; in der Ente ist ein Ei; und in dem Ei — da ist mein Herz.«

Am Morgen früh, als es noch nicht dämmerte, streifte der Riese schon wieder nach dem Wald zu. »Ja, nun muß ich auch fort,« sagte Aschenbrödel: »wenn ich bloß den Weg wüßte.« Er sagte darauf der Prinzessinn Lebewohl, und als er draußen vor's Schloß kam, stand der Wolf noch da und wartete auf ihn. Aschenbrödel erzählte ihm Alles, was ihm im Schloß begegnet war und sagte, nun möchte er gern zu dem Brunnen in der Kirche, wenn er bloß den Weg dahin wüßte. Der Wolf aber sagte, den Weg wollte er schon finden, er sollte sich nur auf seinen Rücken setzen, und darauf ging es fort über Klippen und Hügel, über Berg und Thal, daß es nur so saus'te. Als sie schon manchen lieben Tag gereis't waren, kamen sie endlich zu einem Wasser. Nun wußte der Königssohn nicht, wie er hinüber kommen sollte; aber der Wolf sagte zu ihm, er solle sich bloß nicht fürchten, und dann sprang er in's Wasser und schwamm mit dem Prinzen hinüber zu der Insel. Als sie aber zu der Kirche kamen, hing der Schlüssel ganz oben an der Thurmspitze. Nun wußte der Königssohn wieder nicht, wie er ihn herunterkriegen sollte. »Du musst den Raben zu Hülfe rufen,« sagte der Wolf, und das that der Prinz. Da kam der Rabe geflogen, schwang sich hinauf zu der Thurmspitze und holte den Schlüssel herunter. Nun konnte der Prinz in die Kirche kommen; und als er zu dem Brunnen kam, schwamm die Ente darin auf und ab, so wie der Riese gesagt hatte. Der Prinz fing nun an, sie zu locken, und lockte so lange, bis sie so nahe kam, daß er sie greifen konnte. Wie er sie aber aus dem Wasser hob, ließ sie das Ei in den Brunnen fallen. Nun wußte Aschenbrödel nicht, wie er das Ei wiederbekommen sollte. »Du musst jetzt den Lachs zu Hülfe rufen,« sagte der Wolf. Da rief der Prinz den Lachs, und dieser kam sogleich und holte das Ei herauf. Nun, sagte der Wolf zu dem Prinzen, solle er das Ei in der Hand drücken; und wie der Prinz das that, schrie der Riese laut auf. »Drück noch einmal zu!« sagte der Wolf; und wie der Prinz noch einmal zudrückte, erhob der Riese ein klägliches Gewinsel und bat und fleh'te um sein Leben; er wolle auch Alles thun, was der Königssohn verlangte, wenn er ihm bloß nicht das Herz entzwei drücken wollte, sagte er. »Sage ihm, wenn er Deine sechs Brüder, die er in Stein verwandelt hat, wieder in Prinzen umschafft, und ihre Bräute in Prinzessinnen, dann solle er das Leben behalten,« sagte der Wolf; und das that der Prinz. Ja, dazu war der Troll sogleich bereit: er verwandelte die sechs Brüder wieder in Prinzen, und ihre Bräute wieder in Prinzessinnen. »Drück jetzt das Ei entzwei!« sagte der Wolf. Nun drückte Aschenbrödel das Ei entzwei, und da barst der Riese mitten von einander. Wie sie ihn nun quitt waren, ritt Aschenbrödel wieder zurück nach dem Bergschloß. Da standen alle seine sechs Brüder mit ihren Bräuten frisch und gesund vor ihm, und Aschenbrödel ging in den Berg und holte sich die Prinzessinn, die wurde nun seine Braut, und darauf reis'ten sie alle mit einander zurück nach dem Schloß des Königs. Wie nun der alte König alle seine sieben Söhne mit ihren Bräuten ankommen sah, da freu'te er sich nicht wenig, kannst Du glauben; aber die schönste von allen Prinzessinnen war doch die Braut von Aschenbrödel, und er mußte sich mit ihr bei Tafel oben an setzen. Darauf hielten alle Prinzen Hochzeit mit ihren Bräuten, und es wurde gegastet und gejubelt viele Tage lang, und haben sie nicht ausgejubelt, so jubeln sie wohl noch.

7.
Die Grimsschecke.

Es waren einmal ein Paar reiche Leute, die hatten zwölf Söhne. Als der jüngste von ihnen herangewachsen war, wollte er nicht länger zu Hause bleiben, sondern wollte fort in die Welt und sein Glück versuchen. Die Ältern sagten, er hätte es ja gut bei ihnen, warum er denn nicht zu Hause bleiben wollte. Aber er hatte keine Ruhe, er wollte und mußte fort, und da ließen sie ihn denn endlich reisen. Als er nun eine Zeitlang umhergewandert war, kam er auch zu einem Königsschloß; da bat er um einen Dienst, und den erhielt er auch.

Die Tochter des Königs von diesem Lande aber wurde von einem Trollen in einem Berg zurückgehalten, und der König hatte nicht mehr Kinder, als nur diese einzige Tochter. Darum war er und mit ihm das ganze Land in großer Sorge und Betrübniß, und der König hatte Demjenigen, der sie befreien könnte, die Prinzessinn und das halbe Reich versprochen; aber es war Niemand, der das konnte, obwohl Viele es versuchten. Als der Bursch ein Jahr, oder so ungefähr, da gewesen war, wollte er wieder nach Hause und seine Ältern besuchen; wie er aber zu Hause ankam, waren seine Ältern in der Zeit gestorben, und die Brüder hatten die Erbschaft unter sich getheilt, so daß nun Nichts mehr für den Burschen übrig war. »Soll ich denn Nichts haben?« sagte der Bursch. »Konnten wir denn wissen, daß Du noch am Leben warst, der Du so lange herumgestreift bist?« sagten die Brüder: »Aber es mag drum sein: Oben in der Bergkoppel gehen zwölf Stuten, die wir noch nicht getheilt haben; willst Du die für Deinen Theil haben, so kannst Du sie nehmen.« Ja, damit war der Bursch wohlzufrieden und begab sich sogleich nach der Bergkoppel, wo die zwölf Stuten gras'ten. Wie er hinkam, hatte jede Stute ihr Saugfüllen; das schönste Füllen hatte aber doch die eine Stute, das war ein großes scheckiges Füllen und so fett und so gut bei Leibe, daß es glänzte. »Du bist ein schönes Thierchen,« sagte der Bursch. »Ja, aber willst Du die andern Füllen todtschlagen, so daß ich alle Stuten ein ganzes Jahr saugen kann, dann sollst Du mal sehen, wie groß und schön ich werde,« sagte das Füllen. Das that denn der Bursch auch: er schlug alle die andern Füllen todt, und darauf ging er fort.

Als er das nächste Jahr wiederkam und sich nach seinem Füllen und seinen Stuten umsehen wollte, da war das Füllen so fett geworden, daß es glänzte und blinkerte, und so groß war es, daß der Bursch nur mit genauer Noth hinaufkommen konnte; alle Stuten aber hatten wieder ihr Füllen bekommen. »Ja, es ist wahr, es hat sich gut gelohnt, daß ich Dich alle zwölf Stuten saugen ließ,« sagte der Bursch zu dem Einjährigen: »aber jetzt bist Du groß genug, nun muß ich Dich mithaben.« — »Nein, laß mich noch ein Jahr dazu gehen,« sagte das Füllen: »schlag' wieder die zwölf andern Füllen todt, daß ich auch dieses Jahr alle zwölf Stuten saugen kann; dann sollst Du mal sehen, wie groß und schön ich den nächsten Sommer bin.« Der Bursch that wieder, wie das Füllen ihm sagte; und als er das nächste Jahr in die Koppel kam, da hatte wieder jede Stute ihr Saugfüllen; das scheckige Füllen aber war so groß geworden, daß der Bursch gar nicht mehr hinauf konnte, und so fett und so blank war es, daß es nur so glitzerte. »Groß und schön warst Du voriges Jahr,« sagte der Bursch: »aber dieses Jahr bist Du noch stattlicher; ein solches Füllen giebt es nicht in des Königs Schloß. Aber nun muß ich Dich mit mir haben.« — »Nein,« sagte die Schecke: »laß mich noch ein Jahr dazu gehen! schlage wieder die zwölf andern Füllen todt, so daß ich auch noch dieses Jahr alle Stuten saugen kann; dann sollst Du mich mal sehen zum nächsten Sommer!« Der Bursch that wieder, wie das Scheckenfüllen ihm sagte, schlug alle die andern Füllen todt, und damit ging er fort.

Als er aber nun das nächste Jahr wiederkam, und sich nach seinem Füllen und seinen Stuten umsehen wollte, da war der Bursch ganz erschrocken. So groß und so schwer, hatte er nie geglaubt, daß ein Pferd werden könnte; denn die Schecke mußte sich auf allen Vieren niederlegen, wenn der Bursch hinaufsteigen wollte, und dann hatte er noch Genug zu thun, daß er nur hinaufkam; und so fett und so quabbelig war sie geworden, daß sie glänzte und blitzte wie ein Spiegel; und das Mal hatte die Schecke Nichts dagegen einzuwenden, daß der Bursch sie mitnahm. Er setzte sich auf sie und ritt mit ihr nach Hause zu seinen Brüdern; die schlugen die Hände über dem Kopf zusammen und kreuzten sich, denn ein solches Pferd hatten sie weder gesehen, noch davon reden gehört. »Es mag drum sein,« sagte der Bursch: »wollt Ihr mir einen so schönen Beschlag unter mein Pferd, und so schönen Sattel und so schönes Gebiß verschaffen, als man's nur haben kann, so mögt Ihr alle zwölf Stuten nehmen, so wie sie da in der Koppel gehen, und ihre zwölf Füllen dazu« — denn das Jahr hatte jede Stute wieder ein Füllen bekommen. — Ja, das wollten die Brüder gern; und nun bekam der Bursch einen solchen Beschlag unter sein Pferd, daß die Kiesel in die Luft flogen, wenn er über den Berg ritt, und einen solchen Goldsattel und ein solches Goldgebiß, daß man den Glanz davon schon von weitem sah. »Laß uns jetzt nach des Königs Schloß reisen!« sagte die Grimsschecke — denn so hieß das Pferd —: »aber Du musst den König um guten Stallraum und gutes Futter für mich bitten.« Ja, er wollt's nicht vergessen, sagte der Bursch, und damit ritt er fort, daß die Funken stoben; und da kannst Du Dir wohl denken, daß sie eben nicht lange Zeit gebrauchten, um nach dem Schloß zu kommen.

Wie der Bursch dort ankam, stand der König draußen auf der Treppe; er guckte und guckte und konnte nicht begreifen, was Das für Einer war, der da geritten kam. »Nein!« sagte er: »einen solchen Kerl und ein solches Pferd hab' ich noch mein Lebtag nicht gesehen!« Als darauf der Bursch ihn fragte, ob er nicht einen Dienst im Schloß bekommen könnte, ward der König so froh, daß er hüpfte und sprang, und da konnt' es denn nicht fehlen, daß der Bursch einen Dienst bekam. »Ja, aber guten Stallraum für mein Pferd will ich haben, und gutes Futter auch,« sagte der Bursch. Ja, Stallraum für sein Pferd sollte er bekommen, und Hafer und Heu so viel es nur verdelgen könnte; und darauf mußten die andern Ritter alle ihre Pferde aus dem Stall führen; denn der sollte für die Grimsschecke allein bleiben, damit sie gut Platz drin hätte.

Und nun, kannst Du Dir wohl denken, dauerte es nicht lange, daß die Andern im Schloß neidisch wurden auf den Burschen, und nicht wußten, was sie ihm all für Schabernack anthun sollten, wenn sie bloß gedurft hätten. Endlich verfielen sie darauf, zu dem König zu sagen, der Bursch habe sich gerühmt, die Prinzes-

sinn befreien zu können, die der Troll bei sich im Berg einge-
schlossen halte, wenn er bloß wollte. Sogleich ließ der König ihn
zu sich rufen und sagte, so und so hätte er gesagt, und nun sollte
er Wort halten; könnte er es, so wüßte er wohl, daß er dann die
Prinzessinn und das halbe Reich haben solle, und das sollt' er
denn auch redlich bekommen; könnte er es aber nicht, so solle er
das Leben verlieren. Der Bursch sagte zwar, nein, das hätt' er
nicht gesagt; aber es half nichts, der König wollte auf dem Ohr
nicht hören, und es war kein andrer Rath für den Burschen, er
mußte es versuchen. Er ging nun hinunter nach dem Stall und
war ganz traurig und muthlos. Die Grimsschecke fragte ihn, Was
ihm fehle, und da erzählte ihr denn der Bursch, Was der König
von ihm verlangte, und sagte, er wüßte nicht, wie er das anfangen sollte, denn die Prinzessinn zu befreien, meinte er, wäre wohl
ein Ding der Unmöglichkeit. »Die Sache ist gar nicht so gefährlich,« sagte die Grimsschecke: »ich will Dir schon helfen, aber Du
musst mich gut beschlagen lassen. Zwanzig Pfund Eisen und
zwölf Pfund Stahl musst Du verlangen, und einen Schmied zum
Schmieden, und einen zum Beschlagen.« Ja, das that der Bursch,
und der König sagte nicht Nein, sondern gab ihm Eisen und Stahl
und zwei Schmiede, und die Grimsschecke wurde beschlagen
hinten und vorn, und darauf ritt der Bursch aus dem Schloß, daß
der Staub aufwirbelte. Als er aber nun zu dem Berg kam, galt es,
die steile Wand hinaufzukommen; denn die war so schroff, wie
eine Mauer, und so glatt, wie ein Spiegel. Bei dem ersten Anlauf
kam der Bursch ein Ende hinauf; aber da glitt die Grimsschecke
mit den beiden Vorderfüßen aus, und wieder herunter, daß es
donnerte und krachte. Beim zweiten Anlauf kam er ein Ende
weiter hinauf; aber da glitt die Grimsschecke wieder mit dem
einen Vorderbein aus, und herunter, daß der alte Berg bebte. Das
dritte Mal sagte die Grimsschecke: »Jetzt muß es werden!« und
damit legte sie los, daß die Steine in die Wolken flogen, und das
Mal kam sie hinauf. Nun ritt der Bursch in vollem Galopp, er-
schnappte die Königstochter und nahm sie vor sich auf den Sattel, und eh' der Troll sich noch recht besann, waren sie auf und
davon — wenn ich aber nicht irre, so lag der Troll damals und
schlief — und nun war die Prinzessinn befrei't.

Als jetzt der Bursch zurückkam auf's Schloß, freu'te sich der

König nicht wenig, kannst Du glauben. Wie dem nun aber auch sein mochte, so hatten die Andern auf dem Schloß dem König Allerlei vorgeredet, so daß er gleichwohl zornig war auf den Burschen. »Ich danke Dir, daß Du meine Tochter befrei't hast« – das war Alles, was er sagte, und damit wollte er seines Weges gehen. Der Bursch aber sagte: »Sie ist jetzt eben so gut mein, als Dein, denn ich hoffe doch, daß Du ein Mann von Wort bist.« – »Nun ja,« sagte der König: »Du sollst sie haben, weil ich es Dir versprochen habe; aber erst musst Du machen, daß die Sonne in mein Schloß scheint« – denn es lag ein großer Berg vor dem Schloßfenster, der schattete, so daß die Sonne nicht hineinscheinen konnte. – »Das war nun freilich nicht mit im Accord,« sagte der Bursch: »aber es hilft nicht, ich muß nur mein Bestes versuchen; denn die Prinzessinn wollt' ich doch gern haben.« Er ging nun wieder hinunter zu der Schecke und erzählte ihr, Was der König von ihm verlangte; die Grimsschecke meinte, die Sache sei eben nicht so gefährlich; aber einen neuen Beschlag unter den Füßen müßte sie haben, sagte sie, und dazu müßten zwanzig Pfund Eisen und zwölf Pfund Stahl, und zwei Schmiede, einen zum Schmieden, und einen zum Beschlagen, dann sollte schon nachher die Sonne in's Schloß scheinen. Der Bursch bekam Alles, was er verlangte, denn das konnte der König Schanden halber ihm nicht versagen, und es wurde nun ein neuer Beschlag unter die Grimsschecke gelegt, und der war nicht schlecht. Wie das geschehen war, setzte der Bursch sich auf, und bei jedem Schritt, den die Grimsschecke that, sank der Berg dreißig Fuß tief in die Erde, und das dauerte so lange fort, bis Nichts mehr vom Berg zu sehen war.

Wie nun der Bursch zurück nach dem Schloß kam, fragte er den König, ob er ihm jetzt die Prinzessinn geben wolle; denn nun wisse er nicht anders, sagte er, als daß die Sonne ins Schloß scheine. Aber da hatten die Andern dem König wieder Allerlei vorgeredet, und er sagte zu dem Burschen, die Prinzessinn sollte er allerdings haben, denn er hätte seinen Sinn nicht geändert; aber erst sollte er ihm ein so stattliches Brautpferd schaffen, als er ein Bräutigamspferd hätte, das wäre nicht mehr, als billig. Der Bursch sagte, davon hätte der König nicht gesprochen, und er meine, er habe die Prinzessinn jetzt verdient. Aber der König blieb bei Dem, was er gesagt hatte; und wenn er ihm nicht ein solches Brautpferd schaffen könne, sagte er: dann solle er das Leben dazu verlieren. Der Bursch ging nun in den Stall, aber ganz traurig und muthlos, und erzählte der Grimsschecke, wie der König von ihm verlange, er solle der Prinzessinn ein so stattliches Brautpferd verschaffen, als er ein Bräutigamspferd hätte, sonst solle er das Leben verlieren. »Wie soll das aber angehen?« sagte er: »denn Deinesgleichen giebt es wohl nicht mehr in der Welt.« — »Ja, es giebt Meinesgleichen,« sagte die Grimsschecke: »aber es hält schwer, sie zu bekommen, denn sie ist in der Hölle; wir wollen indeß unser Bestes versuchen.« — »Und Was muß ich denn thun?« fragte der Bursch. »Erst musst Du zum König gehen,« sagte die Grimsschecke: »und einen neuen Beschlag unter meinen Füßen verlangen, und dazu müssen zwanzig Pfund Eisen und zwölf Pfund Stahl, und zwei Schmiede, einer zum Schmieden, und einer zum Beschlagen, aber sieh ja zu, daß die Eisen gut scharf werden; und dann musst Du zwölf Tonnen Rocken und zwölf Tonnen Gerste verlangen, und zwölf geschlachtete Ochsen müssen wir haben, dazu alle zwölf Ochsenhäute und in jeder Haut zwölfhundert Lattenspiker; denn alles das müssen wir gebrauchen.« Der Bursch ging nun hinauf zum König und verlangte Alles, so wie die Grimsschecke ihm gesagt hatte, und der König konnte Schanden halber es ihm nicht verweigern, sondern mußte ihm Alles geben.

Als nun die Grimsschecke gehörig beschlagen war, setzte der Bursch sich auf und ritt aus dem Schloßhof. Wie er nun ein weites, weites Ende geritten war über Berge und über Hügel, da fragte die Schecke ihn: »Hörst Du Etwas?« — »Ja,« sagte der Bursch: »ich höre ein gewaltiges Sausen oben in der Luft, so daß mir angst und bange wird.« — »Das sind alle die wilden Vögel des Waldes, die geflogen kommen,« sagte die Grimsschecke, »die sind ausgesandt, um uns aufzuhalten; aber schneide jetzt ein Loch in die Kornsäcke, dann haben sie Genug zu thun mit dem Korn und vergessen darüber uns.« Das that nun der Bursch: er schnitt ein Loch in die Kornsäcke, so daß der Rocken und die Gerste auf allen Seiten herauslief. Da kamen alle die wilden Vögel des Waldes in so großer Menge, daß die Sonne davon verdunkelt ward; als sie aber das Korn erblickten, schossen sie herunter und

fingen an, die Rocken- und Gerstenkörner aufzupicken; und zuletzt, glaub' ich, schlugen sie sich sogar; doch das kann ich nicht
mit Gewißheit sagen; aber so viel weiß ich wohl, daß sie dem
Burschen und der Grimsschecke Nichts thaten, denn die hatten
sie ganz vergessen.

Nun ritt der Bursch wieder eine lange Strecke, über Berge
und Thäler, durch Sumpf und Moor; da horchte plötzlich die
Grimsschecke auf und fragte den Burschen: »Hörst Du Etwas?«
— »Ja, ich höre ein entsetzliches Krachen im Walde von allen
Seiten her, so daß mir angst und bange wird,« sagte der Bursch.
»Das sind alle die wilden Thiere des Waldes,« sagte die Grimsschecke: »die sind ausgeschickt, um uns aufzuhalten; aber wirf
jetzt nur die Rümpfe von den zwölf Ochsen hinaus, dann bekommen sie Genug zu thun und vergessen uns.« Da warf der
Bursch die Rümpfe hinaus, und nun kamen alle wilden Thiere, so
viel ihrer im Wald waren: Bären, Wölfe, Löwen und andre Ungeheuer; als sie aber die Ochsenrümpfe sahen, fielen sie alle darauf
her und fingen an, sich zu schlagen, daß das Blut floß; den Burschen aber und die Grimsschecke vergaßen sie ganz.

Darauf ritt der Bursch wieder ein weites, weites Ende, und
die Wolken flogen ihm jeden Augenblick vorüber; denn mit der
Grimsschecke ging es nicht langsam, wie man sich wohl denken
kann. Plötzlich aber fing die Schecke an zu wiehern und fragte:
»Hörst Du Etwas?« — »Ja, ich höre in der Ferne ein leises Wiehern wie von einem Füllen,« sagte der Bursch. »Nun, das war
eben kein kleines Füllen,« sagte die Schecke: »es hört sich nur so
leise an, weil es noch so weit weg ist.« Darauf reis'ten sie ein gutes Ende weiter. Endlich wieherte die Grimsschecke wieder.
»Hörst Du Etwas?« fragte sie. »Ja, nun hör' ich es deutlich wiehern, wie ein großes Pferd,« sagte der Bursch. »Ja, Du musst es
noch einmal hören,« sagte die Schecke: »dann wirst Du's schon
gewahr werden.« Nun reis'ten sie wieder ein gutes Ende weiter;
da wieherte die Grimsschecke zum dritten Mal; aber ehe sie noch
den Burschen fragen konnte, ob er Etwas höre, wieherte es auf
der Senne, daß der Bursch dachte, der alte Berg würde bersten.
»Nun ist es hier!« sagte die Grimsschecke: »Wirf jetzt geschwind
die Ochsenhäute mit den Lattenspikern auf mich, und die Theer-

tonne wirf auf die Erde, und dann klettre auf die große Tanne da. Wenn dann das Pferd kommt, schnaubt es Feuer aus beiden Nüstern und zündet die Theertonne an. Alsdann gieb wohl Acht: wenn die Flamme steigt, so gewinne ich; fällt sie, so verliere ich. Siehst Du aber, daß ich gewinne, so wirf ihm schnell meinen Zaum über, dann ist es zahm.« Kaum hatte der Bursch die Häute mit den Spikern auf die Grimsschecke geworfen, die Theertonne auf die Erde gerollt und war auf die Tanne geklettert, so kam das Pferd an, daß ihm die Flammen aus beiden Nüstern fuhren, und sogleich fing die Theertonne Feuer. Darauf begann die Grimsschecke einen Kampf mit dem andern Pferd, daß die Steine bis an den Himmel flogen, sie bissen sich und schlugen aus mit den Vorder- und den Hinterbeinen. Der Bursch sah bald nach ihnen, bald nach der Theertonne, und endlich stieg die Flamme; denn wo das andre Pferd auch beißen und schlagen mochte, so traf es immer nur die Häute mit den Spikern, und da mußte es sich denn endlich geben. Als der Bursch das sah, sprang er schnell vom Baum herunter, nahm den Zaum von der Grimsschecke und warf ihn auf das andre Pferd, und da war es so zahm, daß er es mit einem Zwirnsfaden lenken konnte, und eben so scheckig war es wie das Grimsfüllen, so daß man sie nicht von einander zu unterscheiden vermochte. Nun setzte der Bursch sich auf das neue Pferd und ritt wieder zurück nach dem Königsschloß, und die Grimsschecke lief neben ihm her. Als er beim Schloß ankam, stand der König draußen auf dem Hof. »Kannst Du mir jetzt sagen, was für ein Pferd ich gefangen habe, und was für eins ich hatte?« sagte der Bursch: »kannst Du es nicht, so gehört Deine Tochter mir.« Der König betrachtete beide Schecken von unten bis oben; aber es war kein Haar anders an der einen, als an der andern. »Nein,« sagte der König: »das kann ich nicht. Meine Tochter hast Du jetzt, da Du ihr ein so stattliches Brautpferd verschafft hast, Dir erworben; aber erst müssen wir sehen, ob es auch so bestimmt ist, daß Du sie haben sollst: Meine Tochter soll sich zweimal verstecken, und nachher sollst Du Dich auch zweimal verstecken; kannst Du sie nun die beiden Male finden, aber sie nicht jedesmal Dich, dann ist es so bestimmt, daß Du sie haben sollst.« — »Das steht nun freilich auch nicht mit im Accord,« sagte der Bursch: »aber weil's denn so sein muß, wollen wir's versuchen.«

Nun sollte die Königstochter sich zuerst verstecken, und da verwandelte sie sich in eine Ente und schwamm auf dem Wasser, das dicht bei dem Schloß war. Der Bursch aber ging hinunter in den Stall und fragte die Grimsschecke, wo sie sich versteckt hätte. »O, Du brauchst nur Dein Gewehr zu nehmen und nach der Ente zu zielen, die auf dem Wasser schwimmt,« sagte die Grimsschecke: »dann wird sie schon zum Vorschein kommen.« Da nahm der Bursch sein Gewehr und ging damit nach dem Wasser. »Ich will doch mal die Ente kappen,« sagte er und fing an zu zielen. »Nein, nein! schieß nicht! das bin ich!« sagte die Prinzessinn; und nun hatte er sie das erste Mal gefunden. Das zweite Mal verwandelte die Prinzessinn sich in ein Brod und lag auf dem Tisch zwischen vier andern Broden, und alle waren ganz gleich, so daß Keiner sie zu unterscheiden vermochte. Aber der Bursch ging wieder in den Stall zu der Grimsschecke und fragte, wo er jetzt wohl die Prinzessinn suchen sollte. »O, nimm bloß ein Brodmesser und wetze es tüchtig und thu dann, als ob Du das Brod, das, von der Linken gezählt, das dritte unter den vier andern ist, die auf dem Küchentisch liegen, anschneiden wolltest,« sagte die Grimsschecke: »dann wird sie schon zum Vorschein kommen.« Da ging der Bursch in die Küche und nahm das größte Brodmesser, das er finden konnte, und wetzte es tüchtig; dann ergriff er das Brod, welches, von der Linken gezählt, das dritte unter den vier andern war, und setzte das Messer an, als ob er's mitten durchschneiden wollte. »Ich muß mir doch mal einen Knorren von diesem Brod abschneiden,« sagte er. »Nein, schneide nicht! das bin ich!« sagte die Prinzessinn; und nun hatte er sie auch das zweite Mal gefunden.

Jetzt sollte der Bursch sich verstecken; da sagte ihm aber die Grimsschecke so guten Bescheid, daß er nicht leicht zu finden war. Zuerst verwandelte er sich in eine Roßmücke und verbarg sich in die linke Nüster der Grimsschecke. Die Prinzessinn ging und suchte überall, und zuletzt wollte sie auch in den Raum hinein, wo die Grimsschecke stand; aber die fing an zu beißen und um sich zu schlagen, daß sie sich nicht nahen durfte, und da konnte sie ihn denn nicht finden. »Nein, ich kann Dich nicht finden,« rief sie: »komm nur hervor!« und sogleich stand der Bursch vor ihr in dem Stall. Das zweite Mal verwandelte er sich in einen Klumpen Erde und legte sich zwischen den Huf und das Eisen an dem linken Vorderfuß der Schecke. Die Königstochter ging wieder überall herum und suchte, und zuletzt kam sie auch in den Stall und wollte wieder in den Raum zu der Grimsschecke. Diesmal durfte sie sich auch nahen; aber unter den Huf konnte sie nicht kommen, denn die Schecke stand allzu fest auf ihren Beinen. Da ihr nun alles Suchen nichts half, sagte sie endlich; »Komm nur hervor! denn ich kann Dich doch nicht finden,« und da stand der Bursch sogleich wieder neben ihr im Stall. »Nun ist sie mein,« sagte er zum König: »denn nun kannst Du sehen, daß es so bestimmt ist.« — »Ja, wenn es denn so bestimmt ist, so muß es wohl so bleiben,« sagte der König. Und darauf wurde augenblicklich die Hochzeit gehalten; und der Bursch setzte sich auf die Grimsschecke, und die Prinzessinn auf die andre Schecke, und da kannst Du Dir denn wohl vorstellen, daß sie eben nicht lange Zeit gebrauchten, um nach der Kirche zu kommen; und sie lebten hiernach glücklich und vergnügt mit einander.

8.
Es hat keine Noth mit Dem, in welchen alle Weiber verliebt sind.

Es waren einmal drei Brüder; nun weiß ich nicht recht, wie das zugegangen war, aber jeder von ihnen hatte einen Wunsch bekommen, so daß er sich wünschen konnte, Was er wollte. Die beiden ältesten bedachten sich nicht lange, sondern wünschten sich, daß es ihnen nie an Geld fehlen möchte, so oft sie in die Tasche griffen; »denn wenn Einer immer Geld hat,« sagten sie: »so kommt er schon fort in der Welt.« Der jüngste dagegen wünschte sich, daß alle Weiber sich in ihn verlieben müßten, sobald sie ihn sähen, sie möchten nun wollen, oder nicht; und das, sollst Du mal hören, war weit besser, als Geld und Gut. Sobald die Brüder ihre Wünsche gethan hatten, wollten die beiden ältesten fort in die Welt. Aschenbrödel bat sie, ihn mit sich zu nehmen, aber von dem wollten die Andern Nichts wissen. »Wo wir hinkommen, werden wir überall empfangen wie Grafen und Prinzen,« sagten sie: »aber Du, der Du gar Nichts hast, Wer wollte sich wohl um Dich bekümmern?« — »Aber Ihr könnt mich darum ja gern mit Euch reisen lassen,« sagte Aschenbrödel: »denn es wird wohl immer auch ein Bissen für mich abfallen, wenn ich bei so hohen Herrschaften bin.« Endlich und zuletzt erlaubten sie ihm denn, mitzureisen, wenn er ihr Diener sein wollte, und darauf ging Aschenbrödel auch ein.

Als sie nun einen Tag, oder so ungefähr, gereis't waren, kamen sie zu einem großen Gasthause; da kehrten die beiden ältesten Brüder, welche Geld hatten, ein, und verlangten frischweg Braten und Fische und Branntwein und Meth und Alles, was gut schmeckt; Aschenbrödel aber, der Nichts hatte, mußte draußen im Hof bleiben und auf die Pferde und das Gepäck der vornehmen Herren Acht geben, denn er war nun ihr Diener. Wie er aber da im Hofe auf- und abging, bemerkte die Frau des Gastwirths ihn durch das Fenster, und ein so schöner Bursch, däuchte ihr, wär' ihr noch nicht vorgekommen; sie guckte und guckte, und je länger sie den Burschen ansah, desto schöner kam er ihr vor. »Was Teufel hast Du da zu stehen und zu glotzen!« sagte der Mann: »mir däucht, es wäre besser, Du säh'st zu, daß das Spanferkel gut gebraten würde, als daß Du da stehst und glotzäugst; Du weißt wohl, was für Herrschaften wir heut zu bewirthen haben.« — »Ach, ich schere mich den Henker um das vornehme Pack!« sagte die Frau: »wollen sie nicht bleiben, so können sie wieder hinreisen, wo sie hergekommen sind. Aber komm mal her und sieh bloß Den, der auf dem Hof geht! einen so schmucken Burschen hab' ich noch mein Lebtag nicht gesehn; willst Du, wie ich, so bitten wir ihn herein und tractiren ihn; denn der arme Schelm hat wohl nicht Viel übrig.« — »Weib, hast Du denn ganz Dein Bischen Verstand verloren?« sagte der Mann und war so zornig, daß ihm die Augen im Kopf glüh'ten. »Fort mit Dir in die Küche!« rief er: »und stehe nicht hier und äugle nach fremden Kerls!« Da war nun kein andrer Rath für die Frau, sie mußte wieder in die Küche und das Essen bereiten; nach dem Burschen aber durfte sie sich nicht weiter umsehen, und ihn tractiren durfte sie noch weniger. Da ersah sie aber die Gelegenheit und machte sich ein Geschäft in dem Hof, und nun schenkte sie Aschenbrödel eine Schere, die hatte die Eigenschaft, daß er sich damit die schönsten Kleider von Sammt und von Seide herabschneiden konnte, wenn er bloß damit in die Luft schnitt. »Die will ich Dir schenken, weil Du ein so schmucker Bursch bist,« sagte sie.

Als nun die beiden andern Brüder ihr Spanferkel und all das Gesottene und Gebratene verzehrt hatten, reis'ten sie weiter, und Aschenbrödel stand wieder als ihr Diener hinten auf dem Wagen. Nach sechs oder sieben Stunden kamen sie zu einem andern Gasthause, und da kehrten die beiden ältesten wieder ein; aber Aschenbrödel, der kein Geld hatte, mußte draußen im Hof bleiben und auf ihre Sachen Acht geben. »Wenn Jemand Dich fragt, Wer wir sind, so sage nur, wir wären zwei fremde Prinzen,« sagten sie zu ihm. In diesem Gasthause ging es nun ungefähr wieder eben so, wie in dem vorigen. Die Wirthsfrau kam ans Fenster und sah Aschenbrödel auf dem Hof stehen, und da ward sie eben so verliebt in ihn, wie die Frau des ersten Gastwirths, und sie konnte sich gar nicht satt an ihm sehen. Als aber ihr Mann darauf zukam, sagte er: »Steh doch nicht da und glotze, wie eine Kuh, die das neue Thor betrachtet, sondern scher' Dich fort in die Küche zu Deinem Fischgrapen; denn Du weißt wohl, was wir heut für Leute zu bewirthen haben.« — »Ach, ich bekümmre mich den Henker um das vornehme Pack!« sagte die Frau: »wenn's ihnen bei uns nicht gut genug ist, so können sie ja hingehen, wo's ihnen besser gefällt. Aber komm mal her und sieh den hübschen Burschen, der da draußen im Hof steht; noch in meinem Leben hab' ich keinen so hübschen Menschen gesehen. Willst Du, wie ich, so nöthigen wir ihn herein zu uns und tractiren ihn; der arme Teufel kann's nöthig haben.« — »Viel Verstand hast Du nie gehabt, Frau,« sagte der Mann: »und das Bischen, das Du hattest, glaub' ich, hast Du jetzt auch verloren. — Fort mit Dir in die Küche! und steh nicht länger da und guck nach dem fremden Kerl aus!« rief er und war noch weit zorniger, als der erste Gastwirth. Sie mußte nun wieder hinaus zu ihrem Fischgrapen, und so gern sie auch den Burschen tractirt hätte, so durfte sie's doch nicht wagen, denn sie fürchtete sich vor ihrem Mann. Da ersah sie aber die Gelegenheit und machte sich ein Geschäft in dem Hof, und nun schenkte sie Aschenbrödel ein Tuch, das hatte die Eigenschaft, daß es sich aufdeckte mit den schönsten Gerichten, die man sich nur wünschen kann, wenn er es bloß aus einander legte. »Das sollst Du haben, weil Du ein so schmucker Bursch bist,« sagte die Wirthsfrau zu Aschenbrödel. Der bedankte sich und war seelenvergnügt; denn ein solches Tuch, kannst Du wohl denken, war besser, als viel Geld.

Nachdem nun die beiden Brüder gegessen und getrunken und Alles theuer bezahlt hatten, reis'ten sie weiter, und Aschenbrödel stand wieder hinten auf. Als sie so lange gereis't waren, bis sie wieder hungrig wurden, kehrten sie in ein sehr vornehmes Gasthaus ein und verlangten das Theuerste und Beste, was es gab. »Wir sind zwei reisende Könige,« sagten sie: »und Geld haben wir wie Heu.« Als der Gastwirth das hörte, ging es an ein Kochen und Braten, daß man's zehn Häuser davon bei den Nachbaren riechen konnte. Aschenbrödel aber mußte wieder in dem Hof bleiben und auf die Sachen Acht geben. Hier ging's ihm nun ungefähr eben so, wie in den beiden vorigen Gasthöfen. Die Wirthsfrau sah durch das Fenster den Diener, der draußen beim Wagen stand, und ein so schmucker Bursch war ihr denn auch noch nicht vorgekommen; sie sah und sah, und je länger sie ihn ansah, desto schöner, däuchte er ihr. Als aber der Gastwirth kam und sie da stehen und gucken sah, sagte er: »Hast Du denn nichts

Besseres zu thun, als daß Du da stehst und guckäugelst? Weißt Du denn nicht, was für Leute wir im Hause haben? Fort mit Dir in die Küche zum Grützkessel, und das den Augenblick!« »Ach, es ist wohl nicht so gefährlich,« sagte die Frau. »Wollen sie nicht warten, bis die Grütze fertig ist, so können sie ja wieder reisen; es hält sie Niemand auf. Aber komm mal her, dann sollst Du Was zu sehen kriegen. Sieh mal da auf dem Hof! Ein so schmucker Bursch, sag' ich Dir, ist mir noch nicht vorgekommen. Willst Du, wie ich, so nöthigen wir ihn herein und tractiren ihn; denn er scheint's wohl nöthig zu haben.« — »Ein manntolles Weib bist Du all Dein Lebtag gewesen, und das bist Du auch noch,« sagte der Mann und war entsetzlich böse: »Machst Du aber nicht den Augenblick, daß Du hinauskommst zum Grützkessel, so sollst Du sehen, wie ich Dir Beine machen werde!« Die Frau mußte nun wieder hinaus in die Küche, denn sie wußte wohl, daß der Mann nicht mit sich scherzen ließ. Nach einer Weile aber ersah sie die Gelegenheit, schlüpfte hinaus in den Hof und schenkte Aschenbrödel einen allerliebsten Zapfhahn. »Wenn Du bloß den Hahn umdreh'st,« sagte sie: »so bekommst Du die schönsten Getränke, die Du Dir wünschest: Meth, Wein und auch Branntwein; Das will ich Dir schenken, weil Du ein so schmucker Bursch bist.« Aschenbrödel bedankte sich und war seelenvergnügt; denn ein solcher Zapfhahn war nicht schlecht, kannst Du glauben.

Als nun die beiden Brüder ihre Mahlzeit verzehrt hatten, reis'ten sie wieder fort, und Aschenbrödel stand wieder hinten auf dem Wagen. Sie reis'ten nun ein weites Ende, und endlich kamen sie zu einem Königsschloß; da gaben die beiden ältesten sich aus für zwei Kaisersöhne; und weil sie viel Geld hatten und so stattlich gekleidet waren, wurden sie auf das beste empfangen; sie mußten auf dem Schloß wohnen, und der König wußte nicht, Was er ihnen alles zu Ehren thun wollte. Aber Aschenbrödel, der noch dieselben Lumpen anhatte, die er von Hause mitgenommen, wurde von der Schloßwache auf eine Insel gebracht, nach welcher man alle die Bettler und Lumpenkerls hinausruderte, die auf's Schloß kamen; denn der König konnte die Bettler und Lumpenkerls nicht leiden, sie störten nur die Freude auf dem Schloß, sagte er. Auf der Insel aber bekamen sie nur grade so Viel zu essen, daß sie sich das Leben damit erhalten konnten. Die Brüder von Aschenbrödel sahen wohl, daß die Wache mit ihm nach der Insel hinausfuhr, aber sie waren froh, daß sie ihn los wurden, und bekümmerten sich nicht weiter um ihn. Als nun Aschenbrödel auf die Insel zu den andern Bettlern und Lumpenkerls hinauskam, nahm er bloß seine Schere und schnitt damit in die Luft, und da schnitt er die schönsten Kleider herab, die man sich wünschen kann, von Sammt und von Seide, für sie alle zusammen, so daß der gemeinste Bettler auf der Insel weit stattlicher gekleidet war, als der König selbst und Alle, die auf dem Schloß waren. Darauf nahm Aschenbrödel sein Tuch und breitete es aus, und da deckte es sich mit einer Menge der schönsten Gerichte, so daß Alle daran Mehr, als Genug hatten, und ein solches Gastmahl war noch nicht gehalten worden auf des Königs Schloß. »Nun seid Ihr aber auch wohl durstig,« sagte Aschenbrödel, nahm seinen Zapfhahn und dreh'te ihn herum, und da bekamen alle Bettler auch Genug zu trinken; aber solchen Meth und solchen Wein hatte der König selber noch in seinem Leben nicht geschmeckt.

Als nun Die, welche das Essen nach der Bettlerinsel bringen sollten, mit ihrer kalten Grütze und ihren sauern Molken ankamen − denn das war das Essen, was Die auf der Insel erhielten − so wollten die Bettler es nicht einmal kosten, worüber Die von dem Schloß sich sehr verwunderten, aber noch mehr verwunderten sie sich, als sie sahen, wie Alle so stattlich gekleidet waren, als wären es lauter Kaiser und Päbste gewesen, und sie glaubten schon, sie wären zu einer unrechten Insel gekommen; als sie aber besser zusahen, da war's denn doch ganz recht. Nun konnten sie sich nicht anders denken, als daß Der, den sie gestern hinausgerudert hatten, den Bettlern all den Staat und die Herrlichkeit verschafft haben müßte; und als sie zurück aufs Schloß kamen, erzählten sie sogleich, wie Der, den sie gestern hinausgebracht, alle Bettler so schön und so prächtig herausgekleidet hätte, daß es nur so tröpfelte von Gold; »und die Grütze und die Molken, die wir brachten, haben sie nicht einmal angerührt,« sagten sie: »so hochmüthig waren sie geworden.« Nun hatte aber Einer von den Leuten des Königs ausspionirt, wie der Bursch eine Schere hatte, womit er all die schönen Kleider, welche die Bettler bekommen hatten, aus der Luft geschnitten; das erzählte er sogleich auf dem Schloß und sagte: »wenn er bloß mit der Schere in die Luft schneidet, so schneidet er lauter Sammt und Seide herunter.« Als die Prinzessinn das hörte, hatte sie keine Ruhe, ehe sie den Burschen sah, der die Schere hatte, die lauter Sammt und Seide aus der Luft schnitt; eine solche Schere wäre wohl werth zu haben, dachte sie, denn damit könnte sie sich all den Putz verschaffen, den sie sich wünschte. Sie bat nun den König so lange, bis dieser hinausschickte nach der Bettlerinsel und den Burschen holen ließ; als dieser ankam, fragte die Prinzessinn ihn, ob es wahr sei, daß er eine Schere hätte, die so und so wäre, und ob er ihr die nicht verkaufen wolle. Ja, eine solche Schere hätte er wohl, sagte A-schenbrödel, aber verkaufen wolle er sie nicht, und darauf nahm er die Schere und schnitt damit in die Luft, daß die Sammt- und Seidenstoffe um ihn herumflogen. »Ja, Du musst mir die Schere durchaus verkaufen,« sagte die Prinzessinn: »Du kannst dafür verlangen, Was Du willst; denn haben muß ich sie.« Nein, verkaufen könne er sie auf keine Weise, sagte der Bursch, denn eine solche Schere bekäm' er nicht leicht wieder. Und während sie nun da standen und um die Schere disputirten, betrachtete die Prinzessinn den Burschen genauer, und da däuchte ihr, einen so schönen Menschen hätte sie noch nie gesehen; darnach handelte sie wieder um die Schere und bat Aschenbrödel, er möchte sie ihr doch verkaufen, er könne verlangen so viele hundert Thaler er wolle, sagte sie. »Nein, verkaufen thu ich sie nicht,« sagte A-schenbrödel: »aber es mag drum sein! willst Du mich eine Nacht in Deiner Kammer bei der Thür schlafen lassen, so sollst Du sie haben. Zu Leide will ich Dir Nichts thun,« sagte er: »und wenn Du Dich fürchtest, so kannst Du gern zwei Mann Wache hinstellen.« Ja, das wollte die Prinzessinn gern; wenn sie bloß die Schere bekam, so war sie zufrieden. Und nun schlief Aschenbrödel die Nacht in ihrer Kammer, und zwei Mann standen dabei Wache. Aber die Prinzessinn bekam nicht viel Schlaf in die Augen, denn sie mußte die ganze Nacht hindurch Aschenbrödel ansehen.

Am Morgen ruderte Aschenbrödel wieder hinaus nach der Bettlerinsel. Als aber Die vom Schloß mit der Grütze und den Molken ankamen, wollte wieder Keiner davon kosten. Nun hatte aber Einer von des Königs Leuten ausspionirt, daß der Bursch ein Tuch hatte, das sich mit dem schönsten Essen deckte, sobald er es nur aus einander legte; und als dieser zurückkehrte, erzählte er es sogleich der Prinzessinn: »und solchen Braten und solche Rahm-grütze,« sagte er: »giebt's nicht auf des Königs Schloß.« Als die Prinzessinn das hörte, erzählte sie es dem König und bat ihn so lange, bis er nach der Insel schickte und den Burschen holen ließ. Wie nun Aschenbrödel aufs Schloß kam, wollte die Prinzessinn ihm durchaus das Tuch abkaufen und bot ihm Geld über Geld; aber Aschenbrödel wollt's nicht verkaufen für keinen Preis. »Willst Du mich aber die Nacht auf der Bank vor Deinem Bett schlafen lassen, so sollst Du das Tuch haben,« sagte er: »zu Leide will ich Dir Nichts thun, und wenn Du Dich fürchtest, so kannst Du gern vier Mann Wache hinstellen.« Ja, darauf ging die Prinzessinn sogleich ein; und Aschenbrödel lag nun die Nacht auf der Bank vor ihrem Bett, und vier Mann standen Wache dabei. Hatte aber die Prinzessinn die vorige Nacht nicht schlafen können, so konnte sie es noch weniger diese Nacht; sie lag beständig und sah nur den Burschen an.

Am Morgen ruderte Aschenbrödel wieder hinaus nach der Bettlerinsel. Als aber Die vom Schloß mit der Grütze und den Molken ankamen, wollte Keiner es wieder ansehen, so satt waren sie noch alle von gestern. Das fiel nun den Leuten vom Schloß weiter nicht auf; jedoch verwunderte es sie, daß sie noch gar nicht wieder durstig waren. Da bemerkte aber Einer, daß der Bursch einen Zapfhahn hatte und immer die schönsten Getränke bekam: Meth und Wein und auch Bier, wenn er bloß den Hahn umdreh-te. Wie nun dieser zurückkam, erzählte er sogleich weit und breit von dem Zapfhahn des Burschen: »und solches Bier und solchen Meth hat man nicht auf des Königs Schloß,« sagte er: »denn das schmeckt noch süßer, als Honig und Syrup.« Als die Prinzessinn das hörte, wollte sie durchaus den Zapfhahn haben und ließ dem König nicht eher Ruhe, als bis er nach der Insel schickte und den Burschen holen ließ.

Als nun Aschenbrödel aufs Schloß kam, fragte die Prinzessinn ihn, ob es wahr sei, daß er einen Zapfhahn hätte, der so und so wäre. Ja, sagte Aschenbrödel, einen solchen Zapfhahn hätte er; und als die Prinzessinn ihm den nun mit aller Gewalt abkaufen wollte, sagte er wieder, verkaufen könne er ihn auf keine Weise, wenn die Prinzessinn ihm auch das halbe Reich dafür geben wollte. »Aber es mag drum sein!« sagte er: »willst Du mich diese Nacht vorn in Deinem Bett schlafen lassen, so sollst Du meinen Zapfhahn haben; Du kannst meinetwegen gern acht Mann Wache hinstellen.« — »Ach nein, das ist nicht nöthig,« sagte die Prinzessinn: »denn dazu kenne ich Dich jetzt schon genug.« Und nun schlief Aschenbrödel die Nacht bei der Prinzessinn im Bette, und hatte sie die beiden vorigen Nächte nicht schlafen können, so that sie diese ganze Nacht kein Auge zu.

Wie nun Aschenbrödel am Morgen wieder fort wollte nach der Insel, sagte sie zu ihm: »Wart' noch ein wenig!« lief hinein zum König und bat ihn, daß er ihr doch den Burschen zum Gemahl geben möchte; denn sie wäre so verliebt in ihn, sagte sie, daß sie ohne ihn nicht leben könne. »Ei nun,« sagte der König: »wenn er so herrliche Dinge hat, wie Du mir erzählst, so ist er ja eben so reich, als Du; nimm ihn also nur hin!« Da bekam Aschenbrödel die Prinzessinn und das halbe Reich, und das andere halbe Reich sollte er nach des Königs Tode haben; und nun war Alles gut. Seine Brüder aber, welche immer so schlecht gegen ihn gewesen waren, ließ er hinausbringen auf die Bettlerinsel; da können sie nun erfahren, Wer am besten daran ist: Der, welcher viel Geld in der Tasche hat, oder Der, in welchen alle Weiber verliebt sind; — und hat Aschenbrödel sie nicht von der Insel zurückgeholt, so gehen sie noch da und essen kalte Grütze und saure Molken den heutigen Tag.

9.
Die Lügenprobe.

Es war einmal ein König, der hatte eine Tochter, die konnte so gewaltig lügen, daß Keiner es darin mit ihr aufnehmen konnte. Da ließ der König bekannt machen, daß Der, welcher so lügen könne, daß die Prinzessinn Nichts mehr dagegen zu lügen wüßte, sie und das halbe Reich haben sollte. Es kamen darauf Viele an den Hof und machten den Versuch; denn Alle wollten gern die Prinzessinn und das halbe Reich haben; aber sie kamen alle schlecht davon. Nun waren aber auch drei Brüder, und die wollten ebenfalls ihr Glück versuchen. Zuerst kamen die beiden ältesten; aber es ging ihnen nicht besser, als all den Übrigen. Zuletzt machte Aschenbrödel sich auf, und als er ankam, traf er die Prinzessinn im Stall. »Guten Tag!« sagte er. »Schönen Dank,« sagte sie: »Ihr habt doch nicht einen so großen Stall, als wir; denn wenn der Hirt an dem einen Ende steht und auf dem Bockshorn bläs't, kann man's nicht hören am andern Ende.« — »Das ist auch was Rechtes!« sagte Aschenbrödel: »unsrer ist weit größer; denn wenn eine Kuh an dem einen Ende trächtig wird, kalbt sie erst an dem andern.« — »Haha!« sagte die Prinzessinn: »Aber Ihr habt doch nicht einen so großen Ochsen, als wir; denn wenn auf jedem Horn Einer sitzt mit einer Meßstange, so können sie doch einander nicht ablangen.« — »Da kommst Du schön an!« sagte A- schenbrödel: »Wir haben einen Ochsen, der ist so groß, daß wenn Einer auf jedem Horn sitzt und auf dem Haberrohr bläs't, sie einander doch nicht hören können.« — »Na so!« sagte die Prinzessinn: »Aber Ihr habt doch nicht so viel Milch, als wir; denn wir melken unsre Milch in große Eimer und tragen sie in große Kessel hinein und machen Käse, so groß wie Tonnen.« — »Und wir,« sagte Aschenbrödel: »wir melken unsre Milch in große Küben und fahren sie mit dem Wagen ins Haus und gießen sie in große Braupfannen und machen Käse, so groß wie Häuser; und dann haben wir ein buntscheckiges Mutterpferd, das den Käse zusammentritt; einmal aber fohlte es in dem Käse, und als wir sieben Jahr davon gegessen hatten, trafen wir auf ein großes buntscheckiges Pferd; mit dem sollte ich mal nach der Mühle fahren, aber da brach ihm eine Rippe entzwei; nun wußte ich keinen andern

Rath, sondern nahm eine Tanne und setzte sie ihm ein statt der Rippe, und eine andre Rippe hat's nachher nicht gehabt, so lange wir es hatten. Nun schoß aber die Tanne auf und wuchs aus dem Rücken heraus und ward so groß, daß ich daran zum Himmel hinaufklettern konnte. Da kam ich zu der Jungfrau Maria, die saß da und spann Borstenstricke von Mehlbrei. Wie ich nun da stand und zusah, brach unten die Tanne ab, und nun konnte ich nicht wieder herunter; aber die Jungfrau Maria ließ mich an einem der Stricke hinabgleiten, und da kam ich in einem Fuchsloch an; da saßen meine Mutter und Dein Vater und flickten Schuh; aber eh' ich's mir versah, schlug meine Mutter Deinen Vater, daß ihm die Perrücke vom Kopf flog.« — »Das lügst Du,« sagte die Prinzessinn: »denn das hat mein Vater nie gethan.«

10.
Die drei Böcke Brausewind, die nach der Koppel gehen und sich fett machen wollten.

Es waren einmal drei Böcke, die wollten nach der Koppel gehen und sich fett machen, und alle drei hießen sie Brausewind. Auf dem Wege aber war eine Brücke über einem Fluß, wo sie hinüber mußten, und unter der Brücke wohnte ein großer, abscheulicher Troll, der hatte Augen, so groß wie zinnerne Teller, und eine Nase, so lang wie ein Hackenstiel. Zuerst kam der jüngste Bock Brausewind und wollte über die Brücke. »Tripp trapp! tripp trapp!« sagte es auf der Brücke. »Wer ist es, der auf meiner Brücke trippelt?« rief der Troll. »O, es ist der kleinste Bock Brausewind; ich wollte nur nach der Koppel und mich fett machen,« sagte der Bock mit ganz feiner Stimme. »Nun komm ich und hole Dich!« rief der Troll. »Ach, hol' mich nicht, ich bin noch so klein!« sagte der Bock: »wart bloß so lange, bis der andre Bock Brausewind kommt, der ist viel größer, als ich.« — »Ja wohl!« sagte der Troll.

Nach einer Weile kam der andre Bock Brausewind und wollte über die Brücke. »Tripp trapp! tripp trapp!« sagte es auf der Brücke. »Wer ist es, der auf meiner Brücke trappelt?« rief der Troll. »O, das ist der zweite Bock Brausewind; ich wollte nur nach der Koppel und mich fett machen,« sagte der Bock, der hatte aber keine so feine Stimme. »Nun komm ich und hole Dich!« rief der Troll. »Ach nein, hol' mich nicht! wart' noch ein bischen, dann kommt der große Bock Brausewind, der ist viel größer, als ich,« sagte der Bock, »Ja wohl!« sagte der Troll.

Nun dauerte es nicht lange, so kam der große Bock Brausewind an: »Tripp trapp! tripp trapp!« sagte es auf der Brücke, daß es nur so krachte. »Wer ist es, der auf meiner Brücke trampelt?« rief der Troll. »Das ist der große Bock Brausewind!« sagte der Bock mit einer groben Stimme. »Nun komm ich und hole Dich!« rief der Troll.

»Ja, komm nur, ich habe zwei Speere beim Schopf,

»Damit bohr' ich die Augen Dir aus dem Kopf;

»Ich habe zwei große Kieselsteine,

»Damit zerquetsch ich Dir Knochen und Beine!«

sagte der Bock, und damit fuhr er auf den Trollen zu, stach ihm die Augen aus und zerquetschte ihm die Knochen im Leibe; darnach warf er ihn in den Fluß und ging dann mit den andern nach der Koppel. Da wurden nun die Böcke so fett, so fett, daß sie nicht wieder nach Hause gehen konnten; und ist das Fett nicht wieder von ihnen gegangen, so sind sie es noch.

Un ßnipp, ßnapp, ßnuut!

So is dat Leuschen uut.

11.
Östlich von der Sonne und westlich vom Mond.

Es war einmal ein armer Kathenmann, der hatte viele Kinder; er war aber so arm, daß er ihnen weder ordentlich zu essen, noch Kleider auf den Leib geben konnte; dennoch waren die Kinder alle sehr schön; aber am schönsten von allen war doch die jüngste Tochter.

Nun war es einmal an einem Donnerstag-Abend im Spätherbst ein ganz abscheuliches Wetter draußen; es war stockfinster, und dabei regnete und stürmte es, daß die Fenster krachten. Die ganze Familie saß um den Kamin herum, und Jeder war mit seiner Arbeit beschäftigt. Plötzlich klopfte es dreimal laut ans Fenster. Der Mann ging hinaus und wollte zusehen, Was es war, und als er hinauskam, stand da ein großer weißer Bär.

»Guten Abend!« sagte der Bär. »Guten Abend!« sagte der Mann. — »Willst Du mir Deine jüngste Tochter zur Frau geben,« sagte der Bär: »dann will ich Dich so reich machen, als Du jetzt arm bist.« Dem Mann däuchte das nicht übel; aber er meinte, er müßte doch erst mit seiner Tochter ein Wort sprechen, ging hinein und erzählte, wie draußen ein großer weißer Bär stände, der hätte ihm versprochen, ihn eben so reich zu machen, als er jetzt arm wäre, wenn er ihm seine jüngste Tochter zur Frau geben wolle. Das Mädchen sagte aber Nein und wollte Nichts von dem Handel wissen. Da ging der Mann wieder hinaus, sprach gütlich mit dem Bären und sagte, er solle nur am nächsten Donnerstag-Abend wiederkommen; inmittlerzeit wolle er schon sehen, Was bei der Sache zu thun wäre. Sie überredeten nun das Mädchen und schwatzten ihr Allerlei vor von dem großen Reichthum, wozu sie gelangen würden, und wie gut sie es selbst bekäme. Da gab sie denn endlich nach, wusch ihre paar Lappen, die sie hatte, rein, putzte sich heraus, so gut sie konnte, und hielt sich reisefertig.

Als am nächsten Donnerstag-Abend der Bär wiederkam, ja, da war's richtig; das Mädchen setzte sich mit ihrem Bündel auf seinen Rücken, und fort ging's. Als sie ein gutes Ende hinausgekommen waren, fragte der Bär sie: »Bist Du auch bange?« Nein, das war sie ganz und gar nicht. »Halt Dich nur immer gut an meinen Zotteln fest,« sagte der Bär: »dann hat's keine Noth.«

Nun ritt sie auf dem Rücken des Bären weit, weit in die Welt hinaus, — kein Mensch kann sagen, wie weit es eigentlich war — und zuletzt kamen sie zu einem großen Felsen; da klopfte der Bär an, und nun öffnete sich eine Pforte, durch welche sie in ein großes Schloß gelangten; drinnen waren viele von Lampen erleuchtete Zimmer, und Alles strahlte von Gold und von Silber; auch war da ein großer Saal, und in dem Saal stand ein Tisch, der war mit den herrlichsten Gerichten besetzt. Nun gab der Bär ihr eine silberne Glocke und sagte, wenn sie sich irgend Etwas im Schloß wünsche, dann solle sie nur damit klingeln, alsdann würde sie es sogleich bekommen. Wie sie nun gegessen und getrunken hatte und gegen Abend müde wurde und sich zu Bett legen wollte, klingelte sie nur mit der Glocke — und sogleich öffnete sich eine Kammer, worin ein aufgemachtes Bett stand, so schön, wie man's sich nur wünschen konnte, mit seidenen Kissen und Vorhängen mit Goldfransen, und Alles, was sich in der Kammer befand, war ebenfalls von Gold und von Silber. Wie sie aber nun das Licht ausgelöscht und sich ins Bett gelegt hatte, kam ein Mensch an und legte sich zu ihr, und so geschah es jede Nacht; aber sie bekam ihn nie zu sehen, denn er kam immer erst, wenn sie schon das Licht ausgelöscht hatte, und ging wieder fort, eh' es noch Tag wurde. So lebte sie nun eine Zeitlang ruhig und zufrieden; aber endlich bekam sie eine so große Sehnsucht, ihre Ältern und Geschwister wiederzusehen, daß sie ganz still und traurig ward. Da fragte der Bär sie eines Tages, Was ihr fehle, daß sie immer so still und sinnig wäre. »Ach,« sagte sie: »es wird mir hier so öde im Schloß, denn ich möchte so gern meine Ältern und meine Geschwister einmal wiedersehen.« — »Dazu kann Rath werden,« sagte der Bär: »aber Du musst mir versprechen, daß Du nie mit Deiner Mutter allein reden willst, sondern nur, wenn die Andern zugegen sind; denn sie wird Dich wohl bei der Hand nehmen und Dich in eine Kammer führen wollen, um mit Dir allein zu sprechen; lässt Du Dich aber darauf ein, so machst Du mich und Dich unglücklich.« Nein, sagte das Mädchen, sie wolle sich schon in Acht nehmen.

Am Sonntag kam der Bär und sagte, jetzt könne sie die Reise

zu ihren Ältern antreten. Sie setzte sich nun auf seinen Rücken, und damit ging es fort. Wie sie nun eine lange Zeit gereis't waren, kamen sie zu einem großen weißen Schloß, da gingen ihre Geschwister aus und ein, und spielten, und Alles war da so schön und prächtig, daß es eine Lust war, es anzusehen. »Da wohnen Deine Ältern!« sagte der Bär: »Vergiß nun nicht, Was ich Dir gesagt habe; denn sonst machst Du Dich und mich unglücklich.« Nein, sie wollt's nicht vergessen, sagte das Mädchen und ging ins Schloß; der Bär aber kehrte wieder um.

Wie nun die Ältern ihre Tochter wiedersahen, freu'ten sie sich so sehr, daß es gar nicht zu sagen ist, und konnten ihr nicht genug danken für Das, was sie für sie gethan hatte; und sie erzählten ihr, wie sie es nun so außerordentlich gut hätten, und fragten sie, wie es denn ihr ginge. O, ihr ginge es auch recht gut, sagte das Mädchen, sie hätte Alles, was sie sich nur wünschte. Was sie noch weiter sagte, weiß ich nicht recht; aber ich glaube, sie gab ihnen doch keinen ordentlichen Bescheid. Am Nachmittag, als sie gegessen hatten, geschah es, wie der Bär ihr gesagt hatte: die Mutter wollte mit der Tochter allein in der Kammer sprechen; aber das Mädchen dachte an die Worte des Bären, und wollte nicht mit ihr gehen, sondern sagte: »O, Das, was wir zu sprechen haben, können ^wir immer hier sprechen.« Nun weiß ich aber nicht, wie es recht kam, die Mutter überredete sie doch zuletzt, und da mußte sie ihr denn Alles erzählen, was sie wußte. Sie erzählte ihr nun auch, wie des Abends, wenn sie das Licht ausgemacht hätte, immer ein Mensch käme und sich zu ihr ins Bett legte; aber sie bekäme ihn nie zu sehen, denn eh' es Tag würde, wäre er immer wieder fort, sagte sie, und darüber wäre sie so betrübt; denn sie wollte ihn doch so gern sehen, und der Tag würde ihr so lang, weil sie immer so allein wäre. »Wer weiß! das ist gewiß ein Troll, der bei Dir schläft,« sagte die Mutter: »Wenn Du aber meinem Rath folgen willst, so steh mal des Nachts auf, wenn er eingeschlafen ist, und zünde ein Licht an und sieh zu, was es für Einer ist; aber nimm Dich in Acht, daß Du keinen Talg auf ihn tröpfelst.«

Am Abend kam der Bär wieder und holte das Mädchen ab. Wie sie nun ein Ende hinausgekommen waren, fragte er sie, ob es nicht so gekommen sei, wie er gesagt hätte. »Ja,« das konnte das Mädchen nicht leugnen. »Hast Du nun auf den Rath Deiner Mutter gehorcht,« sagte der Bär: »dann machst Du Dich und mich unglücklich; und mit uns beiden ist dann die Freundschaft aus.« Nein, das hätte sie nicht gethan, sagte sie.

Als sie nun nach Hause gekommen waren, und das Mädchen sich ins Bett gelegt hatte, geschah es wieder, wie sonst: es kam ein Mensch und legte sich zu ihr. In der Nacht aber, als sie hörte, daß er schlief, stand sie auf und zündete ein Licht an, und da sah sie nun im Bett den schönsten Prinzen liegen, den man nur sehen konnte, und sie ward so verliebt in ihn, daß sie ihn den Augenblick küssen mußte. Da versah sie's aber und ließ drei heiße Talgtropfen auf sein Hemd fallen, so daß er davon erwachte. »Was hast Du gethan?« rief er, als er die Augen aufschlug: »Nun hast Du mich und Dich unglücklich gemacht. Hättest Du bloß das Jahr ausgehalten, so wäre ich erlös't gewesen; denn ich habe eine Stiefmutter, die hat mich verzaubert, so daß ich des Tages ein Bär und des Nachts ein Mensch bin; aber mit uns beiden ist es nun aus, denn ich muß Dich jetzt verlassen und wieder zu ihr reisen; sie wohnt auf einem Schloß, das liegt östlich von der Sonne und westlich vom Mond, und da soll ich eine Prinzessinn heirathen, die hat eine Nase, die ist drei Ellen lang.«

Das Mädchen fing an zu weinen und zu jammern; aber es war jetzt zu spät, er mußte fort. Sie fragte ihn, ob sie denn nicht mit ihm reisen könne. Nein, sagte er, das ginge nicht an. »Kannst Du mir denn nicht den Weg sagen, damit ich Dich aufsuche?« fragte sie: »denn das ist mir doch wohl erlaubt?« — »Ja, das magst Du gern,« sagte er: »aber es führt kein Weg dahin; denn das Schloß liegt östlich von der Sonne und westlich vom Mond, und dahin kommst Du nie.«

Am Morgen, als sie erwachte, war sowohl der Prinz, als das Schloß verschwunden, und sie lag nun auf der bloßen Erde mitten in einem dicken, finstern Wald und hatte wieder ihre alten Lappen an, und neben ihr lag dasselbe Bündel, das sie von Hause mitgenommen. Als sie sich den Schlaf aus den Augen gerieben und sich satt geweint hatte, begab sie sich auf den Weg und wanderte viele, viele Tage lang, bis sie endlich zu einem großen Berg kam. Vor dem Berge saß eine alte Frau und spielte mit einem goldnen Apfel. Das Mädchen fragte sie, ob sie nicht den Weg wüßte zu dem Prinzen, der bei seiner Stiefmutter auf einem Schloß wohne, das östlich von der Sonne und westlich vom Mond läge, und der eine Prinzessinn heirathen sollte mit einer Nase, die drei Ellen lang wäre. »Woher kennst Du ihn?« fragte die Frau: »Bist Du vielleicht das Mädchen, das er heirathen wollte?« Ja, sagte das Mädchen, das wäre sie. »So! also Du bist es!« sagte die Frau. »Ja, mein Kind,« fuhr sie fort: »ich wollte Dir gern helfen; aber ich weiß auch weiter Nichts von dem Schloß, als daß es östlich von der Sonne und westlich vom Mond liegt, und dahin kommst Du wohl nie. Ich will Dir aber mein Pferd leihen, darauf kannst Du zu meiner nächsten Nachbarinn reiten, vielleicht, daß sie den Weg Dir sagen kann. Wenn Du aber bei ihr ankommst, so schlage nur das Pferd unter das linke Ohr und heiß es wieder nach Hause gehen; und dann nimm diesen goldnen Apfel, denn Du kannst ihn vielleicht gebrauchen.«

Das Mädchen setzte sich nun auf das Pferd und ritt eine lange, lange Zeit; endlich kam sie wieder zu einem Berg, vor dem saß eine alte Frau mit einem goldnen Haspel. Das Mädchen fragte sie, ob sie ihr nicht den Weg sagen könne nach dem Schloß, das östlich von der Sonne und westlich vom Mond läge. Die sagte aber eben so, wie die vorige Frau, sie wüßte weiter Nichts von dem Schloß, als daß es östlich von der Sonne und westlich vom Mond läge, »und dahin wirst Du wohl niemals kommen,« sagte sie: »aber ich will Dir mein Pferd leihen, darauf kannst Du zu meiner nächsten Nachbarinn reiten, vielleicht daß sie den Weg Dir sagen kann. Wenn Du aber bei ihr ankommst, so schlage nur das Pferd unter das linke Ohr und heiß es wieder nach Hause gehen; und dann nimm diesen goldnen Haspel mit, denn Du kannst ihn vielleicht gebrauchen.«

Das Mädchen setzte sich nun auf das Pferd und ritt viele Tage und Wochen lang: endlich kam sie wieder zu einem Berg, und vor dem saß eine alte Frau und spann an einem goldnen Rocken. Das Mädchen fragte nun wieder nach dem Prinzen und nach dem Schloß, das östlich von der Sonne und westlich vom Mond läge. »Bist Du es, die der Prinz heirathen wollte?« fragte die Frau. »Ja,«

sagte das Mädchen; aber die Frau wußte den Weg nicht besser, als die beiden vorigen. »Östlich von der Sonne und westlich vom Mond liegt das Schloß,« sagte sie: »und dahin kommst Du wohl niemals. Ich will Dir aber mein Pferd leihen; darauf kannst Du zu dem Ostwind reiten; vielleicht daß der den Weg Dir sagen kann. Wenn Du aber bei ihm ankommst, so schlage nur das Pferd unter das linke Ohr und heiß es wieder nach Hause gehen, und dann nimm diesen goldnen Rocken mit, denn Du kannst ihn vielleicht gebrauchen.«

Sie ritt nun manche liebe Zeit, und endlich kam sie bei dem Ostwind an. Sie fragte ihn nun wieder, ob er ihr nicht sagen könne, wie sie zu dem Prinzen käme, der auf dem Schloß wohne, das östlich von der Sonne und westlich vom Mond läge. »Ja, von dem Prinzen hab' ich wohl reden hören und von dem Schloß auch,« sagte der Ostwind; »aber den Weg kann ich Dir nicht sagen, denn ich habe nie so weit geweh't. Ich will Dich aber zu meinem Bruder, dem Westwind, führen, vielleicht, daß der es weiß, denn der ist viel stärker, als ich. Du kannst Dich nur auf meinen Rücken setzen, dann will ich Dich hintragen.« Das Mädchen setzte sich nun auf seinen Rücken, und fort ging es. Als sie bei dem Westwind ankamen, erzählte ihm der Ostwind, er habe ein Mädchen mitgebracht, die den Prinzen heirathen solle, der auf dem Schloß wohne, das östlich von der Sonne und westlich vom Mond läge, und fragte ihn, ob er nicht den Weg dahin wüßte. »Nein,« versetzte der Westwind: »so weit habe ich nie geweh't. Wenn Du es aber willst,« sagte er zu dem Mädchen: »so kannst Du Dich auf meinen Rücken setzen, dann will ich Dich zu dem Südwind bringen; vielleicht kann der es Dir sagen, denn der ist weit stärker, als ich, und weh't und streift überall umher.« Das Mädchen setzte sich auf seinen Rücken, und da dauerte es denn nicht lange, so waren sie bei dem Südwind. Als sie ankamen, fragte ihn der Westwind, ob er nicht den Weg nach dem Schloß wüßte, das östlich von der Sonne und westlich vom Mond läge, denn das Mädchen, das er mitgebracht hätte, solle den Prinzen heirathen, sagte er. »So?« sagte der Südwind, aber den Weg wußte er auch nicht. »Ich hab' mein Lebtag viel herumgeweht,« sagte er: »aber so weit bin ich nie gekommen. Wenn Du es aber wünschest,« sagte er zu dem Mädchen: »so will ich Dich zu meinem Bruder, dem Nordwind, führen, der ist der älteste und stärkste von uns allen, und wenn der den Weg Dir nicht sagen kann, so erfährst Du ihn niemals.« Das Mädchen mußte sich nun auf seinen Rücken setzen, und fort ging es, daß die Heide wackelte.

Es dauerte nicht lange, so kamen sie bei dem Nordwind an; aber der war so wild und ungestüm, daß er ihnen schon von weitem lauter Schnee und Eis ins Gesicht blies. »Was wollt Ihr?« rief er, so daß es ihnen kalt über die Haut lief. »O, Du musst nicht so gegen uns auffahren,« sagte der Südwind: »denn das bin ich, Dein Bruder, und das hier ist das Mädchen, das den Prinzen heirathen soll, der auf dem Schloß wohnt, das östlich von der Sonne und westlich vom Mond liegt, und nun wollte sie Dich gern fragen, ob Du nicht da herum Bescheid wüßtest. »Ja, ich weiß wohl, wo es liegt;« sagte der Nordwind: »ich habe mal ein Espenblatt dahin geweh't; aber da war ich so müde, daß ich nicht wieder wehen konnte manchen lieben Tag. Wenn Du aber durchaus dahin willst,« sagte er zu dem Mädchen: »und Dich nicht fürchtest, so will ich Dich auf meinen Rücken nehmen und zusehen, ob ich Dich hinwehen kann.« — Ja, sagte das Mädchen, hin wolle und müsse sie, wenn's nur auf irgend eine Weise angehen könne, und bange wäre sie ganz und gar nicht, ob's auch noch so schlimm gehen sollte. — »So musst Du die Nacht hier bleiben,« sagte der Nordwind: »denn wir müssen den Tag vor uns haben, wenn wir hin wollen.«

Früh am andern Morgen weckte sie der Nordwind, blies sich auf und machte sich so groß und stark, daß es ganz entsetzlich war, und fort ging's durch die Luft, als ob's bis ans Ende der Welt gehen sollte. Da entstand ein so gewaltiger Sturm, daß ganze Dörfer und Wälder umweh'ten, und als sie über's große Meer kamen, versanken die Schiffe bei Hunderten. Immer ging's fort über's Wasser, und das so weit, so weit, daß kein Mensch es glauben sollte; aber der Nordwind wurde schwächer und immer schwächer, und so schwach wurde er, daß er beinah nicht mehr wehen konnte, und er sank tiefer und immer tiefer hinunter, und zuletzt ging es so niedrig, daß die Wellen ihm an die Fersen schlugen. »Bist Du bange?« fragte er das Mädchen. »Nein, ganz und gar nicht,« sagte sie. Nun waren sie nicht mehr weit vom

Lande, und der Nordwind hatte kaum noch so viel Kräfte übrig, daß er sie an den Strand unter die Fenster des Schlosses wehen konnte, das östlich von der Sonne und westlich vom Mond lag. Da war er aber auch so matt und hinfällig, daß er sich viele Tage lang ausruhen mußte, eh' er wieder nach Hause konnte.

Den andern Morgen setzte das Mädchen sich unter die Fenster des Schlosses und spielte mit dem goldnen Apfel, und die Erste, welche sie sah, war die Nasenprinzessinn, die der Prinz heirathen sollte. »Was willst Du für Deinen goldnen Apfel haben?« fragte sie das Mädchen, indem sie das Fenster aufmachte. »Der ist nicht feil, weder für Gold, noch für Geld,« sagte das Mädchen. »Wenn Du ihn nicht verkaufen willst, weder für Gold, noch für Geld, Was willst Du denn dafür haben?« sagte die Prinzessinn: »Ich will Dir geben, Was Du verlangst.« — »Ja, wenn ich eine Nacht bei dem Prinzen schlafen darf, so sollst Du ihn haben,« sagte das Mädchen. »Ja, das magst Du gern,« sagte die Prinzessinn und nahm den goldnen Apfel. Als aber das Mädchen in die Kammer des Prinzen kam, war dieser fest eingeschlafen; sie rief ihn und rüttelte ihn und weinte und jammerte; aber sie konnte ihn nicht ermuntern. Am Morgen, als es hell wurde, kam die Prinzessinn mit der langen Nase und jagte sie wieder hinaus.

Den Tag setzte das Mädchen sich wieder unter die Fenster des Schlosses und schlang das Garn auf ihren goldnen Haspel, und nun geschah es wieder eben so, wie gestern. Die Prinzessinn fragte sie, Was sie für den Haspel haben wolle; aber das Mädchen sagte, er wäre nicht feil, weder für Gold, noch für Geld; wenn sie aber noch eine Nacht bei dem Prinzen schlafen dürfe, so solle die Prinzessinn ihn haben. Die sagte sogleich Ja und nahm den goldnen Haspel. Als aber das Mädchen hinaufkam, war der Prinz wieder fest eingeschlafen; und wie viel sie ihn auch rief und rüttelte, und weinte und jammerte, so konnte sie ihn doch nicht ermuntern; und am Morgen, als es hell wurde, kam die Prinzessinn mit der langen Nase und jagte sie wieder hinaus.

An diesem Tage setzte sich das Mädchen mit ihrem goldnen Rocken unter die Fenster hin und spann. Als die Prinzessinn mit der langen Nase den Rocken sah, wollte sie den auch gern haben; sie machte das Fenster auf und fragte das Mädchen, Was sie haben wolle für ihren goldnen Rocken. Das Mädchen sagte aber wieder wie die beiden vorigen Male, für Gold und Geld sei er nicht feil; wenn die Prinzessinn sie aber noch eine Nacht bei dem Prinzen wolle schlafen lassen, dann solle sie ihn haben. Ja, das dürfe sie gern, sagte die Prinzessinn und nahm den goldnen Rocken. Nun hatten aber einige Leute, die neben der Kammer des Prinzen schliefen, seit zwei Nächten ein so klägliches Rufen und Wimmern von einem Frauenzimmer drinnen gehört, und das erzählten sie am Morgen dem Prinzen. Als nun am Abend die Prinzessinn mit der Suppe kam, die der Prinz immer zu trinken pflegte, eh' er zu Bett ging, that er, als ob er sie tränke, aber goß die Suppe hinter sich; denn er ahnte nun wohl, daß die Prinzessinn einen Schlaftrunk hineingethan hatte. Wie nun am Abend das Mädchen in die Kammer kam, war der Prinz noch wach und freu'te sich über alle Maßen, das Mädchen wiederzusehen; und sie mußte ihm nun erzählen, wie es ihr ergangen war, und wie sie nach dem Schloß gekommen sei. Als sie ihm Alles erzählt hatte, sagte er: »Du kommst grade zu rechter Zeit; denn morgen soll meine Hochzeit mit der Prinzessinn sein; aber ich frage nichts nach ihr und ihrer langen Nase, sondern Du bist die Einzige, die ich haben will. Ich werde darum sagen, ich möchte gern sehen, wozu meine Braut taugt, und von der Prinzessinn verlangen, daß sie die drei Talgflecke aus meinem Hemd wasche. Darauf wird sie sich denn wohl einlassen, aber ich weiß, daß sie es nicht zu Stande bringt; denn die Flecke sind von Deiner Hand darauf getröpfelt, und nur Christenhände können sie wieder auswaschen, aber nicht die Hände von solchem Trollpack, wozu sie gehört. Ich werde aber sagen, ich wolle keine andre Braut haben, als Die, welche es zu Stande brächte, und wenn sie es dann Alle versucht haben und nicht damit fertig werden können, dann werde ich Dich rufen, daß Du es auch versuchst.« Hierauf brachten sie die Nacht munter und vergnügt mit einander zu. Als aber am Tage die Hochzeit werden sollte, sagte der Prinz: »Ich möchte doch erst sehen, wozu meine Braut taugt.« Das wäre nicht Mehr, als billig, meinte die Stiefmutter. »Ich habe ein so schönes Hemd,« sagte der Prinz: »und das möchte ich gern zum Bräutigamshemd haben; aber nun sind mir drei Talgflecke hineingekommen, und die wollt' ich gern wieder ausgewaschen haben; darum habe ich mir vorgenommen, keine Andre zu heirathen, als Die, welche dazu taugt.« Ih nun, das wäre ja nicht so gefährlich, meinten die Frauen und gingen darauf ein; und die Prinzessinn mit der langen Nase fing an zu waschen, was sie nur konnte; aber je länger sie wusch, desto größer und schwärzer wurden die Flecke. »Ach, Du verstehst Dich nicht darauf,« sagte das alte Trollweib, ihre Mutter: »gieb mir mal her!« Als aber die nun das Hemd bekam, wurde es noch schwärzer, und je mehr sie es wusch und rieb, desto größer wurden die Flecke. Nun sollten die andern Trollweiber das Hemd waschen; aber je länger sie es wuschen, desto abscheulicher ward es aussehen, und zuletzt sah das ganze Hemd aus, als hätt' es im Schornstein gehangen. »Ach, Ihr taugt alle nicht dazu!« sagte der Prinz: »Da sitzt eine arme Bettlerdirne unter den Fenstern; ich bin gewiß, die versteht sich besser aufs Waschen, als Ihr alle zusammen. Komm mal herein, Du Dirne!« rief er; und als das Mädchen kam, fragte er sie: »Kannst Du wohl das Hemd da rein waschen?« — »Ich weiß nicht,« sagte das Mädchen: »aber ich denke wohl.« Das Mädchen nahm nun das Hemd und fing an zu waschen und da wurde es unter ihren Händen so weiß, wie frisch gefallener Schnee, und noch weißer. »Ja, Dich will ich haben!« sagte der Prinz. Da ward das alte Trollweib so arg, daß es barst; und die Prinzessinn mit der langen Nase und das andre Trollpack, glaub' ich, ist auch geborsten; denn ich habe nachher nie wieder Etwas von ihnen gehört. Der Prinz und seine Braut ließen nun alle Christen frei, die im Schloß gefangen waren; darauf nahmen sie so viel Gold und Silber, als sie nur fortschaffen konnten, und zogen weit weg von dem Schloß, das östlich von der Sonne und westlich vom Mond lag. Wie sie aber fortgekommen sind, und wo sie hinzogen, das weiß ich nicht; sind es aber Die, welche ich meine, so sind sie nicht so gar weit von hier.

12.
Das Huhn, das nach dem Dovrefjeld wollte,
damit nicht die Welt vergehen sollte.

Es war einmal ein Huhn, das war abends auf eine Eiche geflogen und hatte sich da zur Ruhe gesetzt. In der Nacht träumte ihm, wenn es nicht nach dem Dovrefjeld käme, so müßte die Welt vergehen. Als es nun aufwachte, flog es sogleich herunter und machte sich auf den Weg. Wie es ein Ende gereis't war, begegnete ihm ein Hahn. »Guten Tag, Hahn Pahn!« sagte das Huhn. »Guten Tag, Huhn Puhn! wo willst Du hin so früh?« sagte der Hahn. »O, ich will nur nach dem Dovrefjeld, damit nicht die Welt vergehen soll,« sagte das Huhn. »Wer hat Dir das gesagt, Huhn Puhn?« fragte der Hahn. »Ich saß in der Eiche und träumte es die Nacht,« sagte das Huhn. »Ich will mit Dir gehen,« sagte der Hahn. Nun gingen beide ein weites Ende fort; da begegnete ihnen eine Ente. »Guten Tag, Ente Pente!« sagte der Hahn. »Guten Tag, Hahn Pahn, wo willst Du hin so früh?« sagte die Ente. »Ich will nach dem Dovrefjeld, damit nicht die Welt vergehen soll,« sagte der Hahn. »Wer hat Dir das gesagt, Hahn Pahn?« — »Huhn Puhn.« sagte der Hahn. »Wer hat es Dir gesagt, Huhn Puhn?« fragte die Ente. »Ich saß in der Eiche und träumte es die Nacht,« sagte das Huhn. »Ich will mit Euch,« sagte die Ente. Nun machten sie sich auf und gingen weiter; da begegnete ihnen eine Gans. »Guten Tag, Gans Pans!« sagte die Ente. »Guten Tag, Ente Pente!« sagte die Gans: »wo willst Du hin so früh?« — »Ich will nach dem Dovrefjeld, damit nicht die Welt vergehen soll,« sagte die Ente. »Wer hat Dir das gesagt, Ente Pente?« fragte die Gans. — »Hahn Pahn.« — »Wer hat es Dir gesagt, Hahn Pahn?« — »Huhn Puhn.« — »Woher weißt Du es, Huhn Puhn?« fragte die Gans. »Ich saß in der Eiche und träumte es die Nacht,« sagte das Huhn. »Ich will mit Euch,« sagte die Gans. Wie sie nun ein Ende weiter gegangen waren, begegnete ihnen der Fuchs. »Guten Tag, Fuchs Puchs,« sagte die Gans. — »Guten Tag, Gans Pans.« — »Wo hinaus Fuchs Puchs?« — »Wo willst Du hin, Gans Pans?« — »Ich will nach dem Dovrefjeld, damit nicht die Welt vergehen soll.« — »Wer hat Dir das gesagt, Gans Pans?« fragte der Fuchs. — »Ente Pente.« — »Wer hat es Dir gesagt, Ente Pente?« — »Hahn Pahn.« — »Und

Wer hat Dir es gesagt, Hahn Pahn?« — »Huhn Puhn.« — »Und woher weißt Du es, Huhn Puhn?« — »Ich saß in der Eiche und träumte es die Nacht,« sagte das Huhn. »O Schnack!« sagte der Fuchs: »die Welt vergeht nicht, wenn Ihr auch nicht nach dem Dovrefjeld kommt. Geht lieber mit mir in meine Höhle, da sitzt Ihr warm und gut.« Der Vorschlag gefiel den Reisenden, und sie gingen mit dem Fuchs in seine Höhle. Als sie aber dort ankamen, legte der Fuchs tüchtig nach im Kamin, so daß sie alle schläfrig wurden. Die Gans und die Ente setzten sich in einen Winkel, aber der Hahn und das Huhn flogen auf die Hühnersteige. Als die Gans und die Ente eingeschlafen waren, legte der Fuchs die Gans auf die Kohlen und briet sie. Wie es nun dem Huhn so sengerich roch, hüpfte es einen Stock höher und sagte so halb im Schlaf: »Pfui! wie's hier stinkt!« — »O Schnack!« sagte der Fuchs: »das ist bloß der Rauch im Schornstein. Halt nur Dein Maul und schlaf ein!« Da schlief das Huhn wieder ein. Der Fuchs hatte aber kaum die Gans zu Leibe, so machte er es eben so mit der Ente. Dem Huhn ward es wieder so sengerich riechen, und es flog daher noch einen Stock höher, indem es wieder sagte: »Pfui! wie's hier stinkt!« Da that es aber zugleich die Augen auf und sah nun, daß der Fuchs die Gans und die Ente verzehrt hatte. Wie das Huhn das gewahr ward, flog es auf den höchsten Stock und guckte zum Schornstein hinaus. »Nein, seh mal Einer die schönen Gänse, die da fliegen!« sagte es zu dem Fuchs. Reineke hinaus und wollte sich einen fetten Braten holen. Da weckte das Huhn den Hahn und erzählte ihm, wie es der Gans Pans und der Ente Pente ergangen wär'. Darauf flogen Hahn Pahn und Huhn Puhn hinaus durch den Schornstein, und wären sie nicht nach dem Dovrefjeld gekommen, so wär's aus gewesen mit der Welt.

13.
Der Mann, der das Haus beschicken sollte.

Es war einmal ein Mann, der war immer so mürrisch und vergrätzt, und nie konnte die Frau ihm Genug thun, oder Etwas zu Dank machen im Hause. Einmal in der Erntezeit kam er spät am Abend vom Felde zurück, und nun ging es an ein Schelten und an ein Toben, daß es ganz entsetzlich war; bald war ihm Dies, bald war ihm Das nicht recht. »Ach, Väterchen,« sagte die Frau: »sei doch nicht immer so böse. Morgen wollen wir mal mit der Arbeit umtauschen: ich will dann mit den Schnittern ins Feld gehen, und Du kannst das Haus beschicken.« Ja, das war dem Mann schon recht, und er ging sogleich auf den Vorschlag ein. Früh den andern Morgen nahm die Frau die Sense auf den Nacken und ging mit den Schnittern ins Feld, um zu mähen; der Mann dagegen sollte das Haus beschicken. Nun wollte er zuerst Butter machen; als er aber eine Weile gebuttert hatte, wurde er durstig und ging hinunter in den Keller, um sich Bier zu zapfen. Während er nun aus dem Faß in die Bierkanne zapfte, hörte er, daß ein Ferkel in die Küche kam. Er fort mit dem Zapfen in der Hand und die Treppe hinauf, so schnell er nur konnte, damit das Ferkel nicht das Butterfaß umwerfen sollte. Als er aber sah, daß das Faß schon auf der Seite lag, und das Ferkel in dem Rahm schmatzte, der auf dem Boden floß, gerieth er so in Wuth, daß er ganz und gar das Bierfaß vergaß und dem Ferkel nachrannte. Bei der Thür holte er es ein, und da gab er ihm einen so derben Schlag, daß es auf der Stelle liegen blieb. Nun fiel es ihm wieder ein, daß er noch den Bierzapfen in der Hand hätte; als er aber hinunterkam in den Keller, war alles Bier auf den Boden gelaufen.

Er ging nun in die Milchkammer, füllte aufs neue das Butterfaß mit Rahm und fing wieder an zu buttern; denn Butter wollte er durchaus zum Mittag haben. Als er aber eine Weile gebuttert hatte, fiel es ihm ein, daß die Milchkuh noch im Stall stände und weder zu fressen, noch zu saufen bekommen hätte, obgleich es schon hoch am Tage war. Weil er nun dachte, es wäre doch zu weit, sie nach der Koppel zu treiben, wollte er sie oben auf's Dach bringen, denn das Dach war mit Rasen gedeckt und es stand darauf schönes hohes Gras; und weil nun das Haus an einem steilen Hügel lag, glaubte er, es wäre ein Leichtes sie hinaufzubringen, wenn er bloß eine Planke von dem Hügel aufs Dach hinüberlegte; das Butterfaß wollte er aber nicht stehen lassen, denn sein kleiner Junge krabbelte da an der Erde herum und könnt's nachher umstoßen, dachte er; darum nahm er es auf den Rücken und ging hinaus. Eh' er aber die Kuh auf das Dach ließ, wollte er ihr noch mal zu saufen geben, und nahm einen Eimer, um damit Wasser aus dem Brunnen zu schöpfen; als er sich aber hinunterbückte, floß aller Rahm aus dem Faß ihm an dem Nacken herunter und lief ins Wasser. Wie es nun gegen Mittag ging, dachte er, weil's ihm mit der Butter nicht geglückt wäre, wollte er sich Grütze zum Mittag kochen, und hängte den Kessel mit Wasser über's Feuer. Kaum hatte er das gethan, so fiel es ihm ein, daß die Kuh, die er aufs Dach gebracht hatte, herunterfallen und Hals und Bein brechen könne; darum nahm er einen Strick und ging hinauf, um sie festzubinden; das eine Ende band er ihr um den Hals und das andre Ende warf er durch den Schornstein, ging dann hinunter und band es sich in aller Eile um's Bein, denn das Wasser kochte schon im Kessel, und er mußte die Grütze umrühren. Während er nun damit beschäftigt war, fiel die Kuh vom Dach herunter und zog den Mann an dem Strick in den Schornstein hinauf. Da hing er nun und konnte weder vorwärts, noch rückwärts, und die Kuh hing draußen zwischen Himmel und Erde und konnte auch nicht loskommen. Die Frau hatte schon eine lange Zeit gewartet, daß der Mann kommen und sie zum Mittag abrufen solle; aber er war nicht da und kam nicht. Zuletzt dauerte es ihr doch zu lange, und sie ging mit den Leuten nach Hause. Als sie die Kuh sah, die da zwischen Himmel und Erde hing, ging sie hinzu und hieb mit der Sense den Strick entzwei. Da fiel der Mann herunter durch den Schornstein, und als sie in die Küche kam, stand er da auf dem Kopf im Grützkessel.

14.
Däumerling.

Es war einmal eine Frau, die hatte nur einen einzigen Sohn, der war aber nicht größer, als ein Daumen, und darum nannten sie ihn Däumerling. Als er nun zu Jahren und zu Verstand gekommen war, sagte die Mutter zu ihm, jetzt müsse er daran denken, sich eine Frau zu nehmen. Ja, Däumerling war's zufrieden, und die Mutter setzte sich mit ihm auf den Wagen, und sie fuhren gradesweges nach des Königs Schloß; denn da war eine Prinzessinn, die war außerordentlich groß, und um die sollte Däumerling freien. Als sie nun ein Ende gefahren waren, da war Däumerling plötzlich verschwunden. Die Mutter suchte ihn überall, und rief ihn bei Namen. »Pip, pip!« sagte Däumerling und hatte sich in die Mähne des Pferdes versteckt. Als er wieder zum Vorschein kam, mußte er der Mutter versprechen, daß er sich nicht öfter verstecken wolle. Wie sie aber ein Ende weiter gekommen waren, da war Däumerling wieder verschwunden. Die Mutter suchte ihn und rief ihn bei Namen und weinte und jammerte, aber Däumerling war fort. »Pip, pip!« sagte er und lachte und kicherte; aber sie konnte ihn das Mal nicht finden. »Pip! pip! hier bin ich!« sagte Däumerling und kroch aus dem Ohr des Pferdes hervor. Nun mußte er der Mutter heilig versprechen, daß er sich nicht öfter verstecken wolle; aber es dauerte nicht lange, so war er abermals fort. Die Mutter suchte ihn wieder überall und weinte und rief ihn bei Namen, aber Alles war umsonst; Däumerling war fort. »Pip, pip! hier bin ich,« wisperte es plötzlich; aber die Mutter konnte gar nicht begreifen, wo es war, denn es hörte sich so undeutlich an; sie suchte fortwährend, und er sagte immer: »Pip! pip! hier bin ich!« und lachte und hägte sich, weil sie ihn nicht finden konnte. Plötzlich aber fing das Pferd an zu niesen, und da nies'te es Däumerling aus, denn er hatte sich in die eine der Nüstern versteckt. Nun konnte sich die Mutter nicht anders helfen, als daß sie ihn in einen Beutel steckte, denn sie wußte wohl, daß er die Narrenpossen doch nicht nachlassen würde. So kamen sie denn auf dem Schloß an. Die Prinzessinn konnte den kleinen hübschen Burschen wohl leiden und verlobte sich mit ihm, und bald darauf ward die Hochzeit.

Als sie sich nun zur Tafel setzten, nahm Däumerling seinen Platz neben der Prinzessinn; aber er war übel daran, denn als er zulangen wollte, konnte er nicht an den Teller reichen und hätte gewiß keinen einzigen Bissen bekommen, wenn die Prinzessinn ihn nicht vom Stuhl genommen und auf den Tisch gesetzt hätte. So lange er nun da vom Teller aß, ging das Ding gut; als aber nachher die große Schüssel mit Grütze hereinkam, da konnte er wieder nicht ankommen; er wußte sich aber zu helfen und setzte sich auf den breiten Rand. Nun war aber in der Mitte der Schüssel eine Grube mit Butter zum Eintunken, und so weit konnte er nicht reichen; er ging daher über die Grütze und setzte sich dicht an den Rand der Butter. Nun nahm die Prinzessinn einen großen Löffelvoll Grütze und wollte ihn in die Butter tunken; aber da versah sie's und stieß an Däumerling, so daß er hinunterfiel in die Butter und ertrank.

15.
Hakon Borkenbart.

Es war einmal eine Königstochter, die war so stolz und schnippisch, daß kein Freier ihr gut genug war; sie machte sich über alle lustig und gab dem einen nach dem andern einen Korb; dennoch aber kamen immer der Freier genug, weil die Hexe so außerordentlich schön war. Einmal kam auch ein Prinz, mit Namen Hakon Borkenbart, und warb um sie. Aber da sagte die Prinzessinn am Abend zu dem Hofnarren, er solle hingehen, und dem einen Pferd des Prinzen die Ohren abschneiden, und dem andern das Maul bis an beide Ohren aufschlitzen. Das that denn der Hofnarr auch. Als nun der Prinz den andern Tag ausfahren wollte, stand die Prinzessinn auf dem Flur und sah hinaus. »Nein!« sagte sie: »so Etwas hab' ich noch mein Lebtag nicht gesehen. Da ist der Nordwind gekommen und hat dem einen Pferd die Ohren abgeweh't, und darüber hat das andre so gewaltig gelacht, daß ihm das Maul bis an die Ohren aufgerissen ist,« und damit lief sie hinein und ließ den Prinzen abziehen. Dieser reis'te nun wieder nach Hause, aber er dachte bei sich selbst, er wolle sich schon dafür rächen, machte sich einen großen Bart von Moos, zog einen weißen ledernen Rock an und kleidete sich aus wie ein Bettler; dann kaufte er bei einem Goldschmied einen goldnen Rocken, und damit setzte er sich eines Morgens unter das Fenster der Prinzessinn hin und fing an zu feilen; denn der Rocken war noch nicht ganz fertig, auch war noch kein Wocken daran. Als die Prinzessinn ans Fenster kam, öffnete sie es sogleich und fragte ihn, ob er ihr nicht den goldnen Rocken verkaufen wolle. »Nein, zu verkaufen ist er nicht,« sagte Hakon Borkenbart: »aber es mag drum sein! willst Du mich diese Nacht vor Deiner Kammerthür schlafen lassen, so sollst Du ihn haben.« Ja, das, meinte die Prinzessinn, wäre ein wohlfeiler Kauf, und die Sache sei eben nicht so gefährlich. Sie bekam nun den Rocken, und am Abend legte Hakon Borkenbart sich draußen vor ihrer Kammerthür hin. Als es aber auf die Nacht kam, fing er an entsetzlich zu frieren. »Hutetutetutetu! es ist so kalt hier!« rief er: »laß mich bloß hinein!« — »Ich glaube, Du bist verrückt!« sagte die Prinzessinn. »Ach, hutetutetutetu! es ist so kalt! laß mich bloß hinein!«

rief Hakon Borkenbart. »Scht! schweig doch still!« sagte die Prinzessinn: »denn hört mein Vater, daß hier eine Mannsperson ist, so bin ich rein unglücklich.« – »Oh hutetutetutetu! wie mich friert! laß mich bloß hinein und auf der Erde liegen!« sagte Hakon Borkenbart. Es war nun kein anderer Rath, die Prinzessinn mußte ihn einlassen, und darauf legte er sich in ihrer Kammer auf die Erde hin und schlief ein.

Einige Tage darnach kam Hakon auch mit dem Wocken und setzte sich wieder unter das Fenster der Prinzessinn hin und fing an zu feilen; denn der Wocken war noch nicht ganz fertig. Sobald die Prinzessinn ihn gewahr wurde, öffnete sie wieder das Fenster und fragte ihn, Was er da hätte. »O, es ist bloß der Wocken zu dem Spinnrocken, den Du mir neulich abkauftest; denn ich dachte, wenn Du doch einmal den Rocken hättest, so könntest Du auch wohl den Wocken dazu gebrauchen.« – »Was willst Du denn dafür haben?« fragte ihn die Prinzessinn. »Für Geld ist er nicht feil,« sagte er: »willst Du mich aber diese Nacht wieder auf dem Boden in Deiner Kammer schlafen lassen, so sollst Du ihn haben.« – »Ja, recht gern,« sagte die Prinzessinn: »aber Du musst auch nicht wieder so frieren und Hutetu! sagen.« Nein, das wollt' er auch nicht; aber als es auf die Nacht kam, fing er an zu huppern und zu frieren und hutetu! zu sagen, daß der Prinzessinn wieder angst und bange ward, und sie mußte ihm erlauben, sich an die Erde dicht vor ihrem Bett hinzulegen, damit nur der König es nicht gewahr würde, und da schlief er nun die Nacht über ruhig und wohl.

Hiernach dauerte es eine ganze Zeit, ehe Hakon Borkenbart sich wieder sehen ließ; endlich aber bemerkte die Prinzessinn ihn eines Morgens wieder unter ihrem Fenster, wo er saß und an einer goldnen Garnwinde feilte. Sie fragte ihn nun wieder, Was er für die Garnwinde haben wolle. »Die ist nicht für Geld feil,« sagte er: »aber willst Du mich diese Nacht in Deiner Kammer mit dem Kopf an Deiner Bettstelle schlafen lassen, so sollst Du sie haben.« Ja, das könnte er gern, sagte die Prinzessinn, wenn er bloß ruhig sein und nicht wieder solchen Lärm machen wolle. Nein, das wolle er gewiß nicht, sagte Hakon Borkenbart; als es aber auf die Nacht kam, fing er wieder an zu huppern und zu frieren, daß ihm die Zähne im Munde klapperten. »Hutetutetu! es ist so kalt! laß mich bloß in Dein Bett und mich ein wenig wärmen!« sagte Hakon Borkenbart. »Ich glaube, Du bist verrückt!« sagte die Prinzessinn. — »Hutetutetu! laß mich bloß in Dein Bett hutetutetutetu!« — »Scht! scht! um Gotteswillen! so schweig doch still!« sagte die Prinzessinn: »denn hört mein Vater, daß hier eine Mannsperson drinnen ist, so glaub' ich, nimmt er mir das Leben.« — »Hutetutetutetu! laß mich bloß in Dein Bett!« sagte Hakon Borkenbart und fror, daß die Wände bebten. Es war nun kein anderer Rath, die Prinzessinn mußte ihn zu sich ins Bett lassen, und da schlief er nun die Nacht über zufrieden und wohl.

Einige Zeit darnach aber bekam die Prinzessinn ein kleines Kind, und darüber ward der König so zornig, daß er beinahe sie und das Kind dazu umgebracht hätte. Da kam aber eines Tages Hakon Borkenbart als ein Bettler gekleidet, so wie von Ohngefähr, wieder zu dem Schloß und sah in die Küche. Wie die Prinzessinn ihn gewahr ward, sagte sie zu ihm: »Ach, Gott tröste mich wegen des Unglücks, das Du mir verursacht hast! Mein Vater ist so zornig auf mich, daß er aus der Haut fahren will; es ist am besten, Du nimmst mich nur gleich mit Dir.« —

»Du bist es aber wohl zu gut gewohnt,« sagte Hakon Borkenbart: »ich habe aber nur eine ganz kleine Hütte und weiß nicht, wie ich Dich ernähren soll, denn ich habe schon Genug zu thun, um nur allein durchzukommen.« — »Es ist mir ganz einerlei, wie gut, oder wie schlecht Du es hast,« sagte die Prinzessinn: »nimm mich bloß mit Dir, denn bleibe ich hier noch länger, so nimmt mein Vater mir gewiß das Leben.« Da nahm denn der Bettler sie und das Kind mit sich; aber sie hatten einen sehr weiten Weg, und der Prinzessinn kam das Gehen außerordentlich sauer an. Als sie nun aus dem Reich ihres Vaters in ein andres Land kamen, fragte die Prinzessinn den Bettler: »Wem gehört dieses Reich?« —

»O, das gehört Hakon Borkenbart,« sagte der Bettler.

»So!« sagte die Prinzessinn: »ja, ich hätte ihn nehmen sollen, dann hätt' ich nicht nöthig gehabt, nun als ein Bettlermädchen hier zu gehen.«

Und so oft sie zu einem schönen Schloß, oder Wald, oder Gehöft kamen, fragte die Prinzessinn immer: »Wem gehört das?« — »O, das gehört Hakon Borkenbart,« sagte dann der Bettler immer. Und die Prinzessinn weinte und jammerte beständig, daß sie nicht ihn genommen hatte; aber nun war es zu spät. Endlich kamen sie zu einer kleinen Hütte, die lag dicht an einem Walde, und das, sagte der Bettler, wäre seine Wohnung. Von der Hütte aus konnte man in der Ferne das Königsschloß sehen, und da, sagte der Bettler, wolle er sich Arbeit suchen, denn er wäre da schon bekannt; und nun ging er jeden Tag nach dem Schloß und hau'te Holz und trug dem Koch das Wasser zu, wie er sagte, und wenn er dann des Abends zu Hause kam, brachte er immer ein wenig Essen mit, aber das reichte nicht sehr weit.

Eines Abends, als er vom Schloß zurückkam, sagte er: »Morgen werde ich zu Hause bleiben und das Kind warten, Du aber musst nach dem Schloß gehen; denn der Prinz hat gesagt, Du solltest mit beim Backen helfen.« —

»Ach, wie soll ich wohl beim Backen helfen?« sagte die Königstochter: »das verstehe ich nicht, denn das hab' ich in meinem Leben noch nicht gethan.« —

»Du musst aber doch hingehen,« sagte Hakon Borkenbart: »weil der Prinz es so befohlen hat. Kannst Du auch nicht backen, so kannst Du es ja lernen; Du musst nur gut zusehen, wie die Andern es machen, und wenn Du weggehst, dann nimm heimlich ein paar Brode mit.« —

»Nein, stehlen kann ich nicht,« sagte die Königstochter.

»Du musst es lernen,« sagte Hakon Borkenbart: »denn Du weißt wohl, wir haben es nur knapp; nimm Dich aber ja vor dem Prinzen in Acht, denn der hat seine Augen überall.«

Als sie gegangen war, lief Hakon einen Richtweg, so daß er noch lange vor ihr auf dem Schloß ankam; dort warf er seine Lumpen und seinen Moosbart ab und zog wieder seine Prinzenkleider an.

Die Königstochter half nun mit beim Backen, und als sie fertig war, that sie, wie Hakon ihr gesagt hatte, und steckte sich alle

Taschen voll Brode. Als sie aber am Abend nach Hause gehen wollte, sagte der Prinz:

»Dieses Weib kennen wir nicht so recht; daher ist's am besten, wir sehen nach, ob sie nicht Etwas genommen hat.«

Damit untersuchte er alle ihre Taschen, und als er darauf die Brode fand, ward er entsetzlich böse und hielt furchtbar Haus. Die Königstochter weinte und fleh'te und sagte: »Mein Mann hatte es mir geheißen; da musst' ich es denn wohl thun.« —

»Ja, es sollte Dir schlimm gehen,« sagte der Prinz »aber um Deines Mannes willen mag es Dir vergeben sein.«

Als sie gegangen war, warf Hakon schnell seine Prinzenkleider ab, zog wieder seinen ledernen Rock an und klebte sich auch wieder den Moosbart ins Gesicht, und eh' sie noch in der Hütte ankam, war er schon da und wartete das Kind. »Ja, Du hast mich verleitet, Etwas zu thun, das mich gereu't,« sagte sie: »es war das erste Mal, daß ich gestohlen habe, aber es soll auch das letzte Mal sein,« und damit erzählte sie ihm, wie es ihr ergangen war, und Was der Prinz gesagt hatte.

Einige Tage darnach, als Hakon am Abend wieder vom Schloß zurückkam, sagte er: »Morgen werde ich zu Hause bleiben und das Kind warten, denn Du sollst wieder auf das Schloß und beim Schlachten und Wurstmachen helfen.« —

»Ach, wie soll ich wohl Wurst machen?« sagte die Königstochter: »das versteh' ich nicht; essen kann ich wohl die Wurst, aber gemacht hab' ich sie noch nie.«

Hakon aber sagte, sie müsse durchaus hin, weil der Prinz es so befohlen hätte; sie sollte nur gut Acht geben, wie die Andern es machten, sagte er, und wenn sie wegginge, sollte sie heimlich ein paar Würste mitnehmen. »Nein, stehlen kann ich nicht wieder,« sagte sie: »denn Du weißt wohl, wie es mir das letzte Mal ging.« — »Du musst es lernen,« sagte Hakon: »es ist nicht gesagt, daß es allemal schlecht geht.« Als sie gegangen war, lief Hakon Borkenbart den Richtweg und kam noch lange vor ihr auf dem Schloß an; dort warf er schnell seinen ledernen Rock und seinen Moosbart ab, und als sie in der Küche ankam, stand er schon da in seinen Prinzenkleidern. Die Königstochter half nun mit beim Schlachten und Wurstmachen, und als sie damit fertig war, that sie, wie Hakon ihr gesagt hatte, und stopfte sich alle Taschen voll Würste. Wie sie aber am Abend nach Hause gehen wollte, sagte der Prinz:

»Dieses Bettlerweib machte neulich lange Finger; darum ist's am besten, wir sehen nach, ob sie nicht wieder Etwas stipitzt hat,« und damit fing er an, alle ihre Taschen zu untersuchen. Wie er nun die Würste fand, ward er gewaltig böse, hielt eine entsetzliche Wirthschaft und droh'te ihr, er wolle sie zu dem Dorfrichter schicken.

»Ach Gott, nein! lasst mich nur gehen!« sagte sie: »denn mein Mann hatte es mir geheißen,« und weinte und jammerte ganz gewaltig.

»Es sollte Dir eigentlich schlimm gehen,« sagte Hakon Borkenbart: »aber um Deines Mannes willen mag es Dir vergeben sein.«

Als sie gegangen war, warf der Prinz schnell seine Kleider ab und hüllte sich wieder in seine Lumpen, lief dann den Richtweg, und als sie nach Hause kam, war Hakon schon in der Hütte. Sie erzählte ihm, wie es ihr gegangen war und gelobte hoch und theuer, es solle das letzte Mal sein, daß sie gestohlen hätte.

Einige Zeit darnach, als Hakon eines Abends wieder vom Schloß zurückkehrte, sagte er; »Nun will der Prinz Hochzeit halten; aber die Braut ist krank geworden, so daß der Schneider ihr nicht das Maß zu dem Brautkleid nehmen kann; und darum will der Prinz, daß Du auf's Schloß kommst und Dir statt seiner Braut das Maß nehmen lässest, denn er sagt, Du gleichest ihr im Wuchs und in Allem. Wenn man Dir aber das Maß genommen hat, so geh nicht gleich fort, sondern gieb Acht, wie der Schneider das Zeug zuschneidet, und dann stipitze heimlich die größten Stücke und bring' sie mit zu einer Pickelhaube für mich.« —

»Nein, stehlen kann ich nicht,« sagte sie: »Du weißt wohl, wie es mir das letzte Mal ging.« — »Du musst es lernen,« sagte er: »es ist nicht gesagt, daß es immer schlecht abläuft.«

Sie meinte zwar, es wäre ein schlimmes Ding, aber that doch, wie er ihr gesagt hatte, stipitzte einige von den größten Stücken und steckte sie in die Tasche. Als sie gehen wollte, sagte der Prinz: »Wir müssen doch nachsehen, ob das Weib auch nicht diesmal wieder lange Finger gemacht hat,« und damit untersuchte er alle ihre Taschen, und wie er nun die gestohlenen Sachen fand, ward er so zornig und machte einen solchen Lärm, daß es gar nicht zu sagen ist. Die Königstochter weinte und bat und sagte: »Ach, mein Mann hatte es mir geheißen; darum mußte ich es wohl thun.« —

»Ja, es sollte Dir schlecht gehen, aber um Deines Mannes willen mag es Dir vergeben sein,« sagte Hakon Borkenbart; und nun ging es wieder eben so, wie die vorigen Male: als die Königstochter nach der Hütte kam, war Hakon Borkenbart schon wieder da. »Ach, Gott steh mir bei!« sagte sie: »ich werde doch zuletzt noch unglücklich um Deinetwillen; denn Du willst mich immer zu Dem haben, was nicht taugt. Der Prinz war diesmal so bitterböse, daß er mir mit dem Dorfrichter und dem Zuchthaus droh'te.«

Einige Zeit darnach sagte Hakon, als er abends vom Schloß zurückkam. »Nun will der Prinz, daß Du auf's Schloß kommen und die Braut vorstellen sollst, denn die rechte Braut ist noch immer krank und bettlägerig; aber Hochzeit will der Prinz nun einmal halten, und er sagt, Du gleichest seiner Braut so sehr, daß Keiner Euch von einander unterscheiden könne. Halt Dich also bereit, morgen aufs Schloß zu gehen.« —

»Ich glaube, Ihr habt beide Euern Verstand verloren, sowohl Du, als der Prinz,« sagte sie: »Sehe ich denn darnach aus, daß ich eine Braut vorstellen kann? Kein Bettlerweib kann ja ärger aussehen, als ich.« —

»Einerlei! der Prinz will es aber einmal so haben,« versetzte Hakon Borkenbart, und es war nun kein anderer Rath, sie mußte fort, und als sie aufs Schloß kam, wurde sie so aufgeputzt und herausstaffirt, daß keine Prinzessinn stattlicher aussehen konnte. Darauf gingen sie zur Kirche, und sie stellte die Braut vor, und als sie zurückkamen, gab es Musik und Tanz und lauter Lustbarkeit auf dem Schloß. Wie aber die Königstochter mit dem Prinzen im besten Tanzen war, sah sie einen hellen Schein durch das Fenster, und wie sie hinblickte, da stand die Hütte in Feuer und Flammen.

»Ach! die Hütte! und der Bettler! und mein Kind!« rief sie und sank beinahe in Ohnmacht.

»Hier ist der Bettler! und da ist Dein Kind!« sagte Hakon Borkenbart: »und laß dann die Hütte zum Teufel sein!« Da erkannte die Königstochter ihn wieder, und nun ging erst die rechte Lust an. Nachher aber habe ich Nichts weiter von ihnen gehört.

16.
Die Meisterjungfer.

Es war einmal ein König, der hatte mehre Söhne, wie viel es aber eigentlich waren, kann ich nicht mit Gewißheit sagen. Als der jüngste herangewachsen war, hatte er durchaus keine Ruhe zu Hause, sondern wollte mit aller Gewalt fort in die Welt und sein Glück versuchen; er hielt auch nicht auf, seinen Vater so lange zu bitten, bis dieser ihm endlich die Erlaubniß zum Reisen ertheilte. Als er nun einige Tage lang gereis't war, kam er zu einem Riesenschloß, und da gab er sich bei dem Riesen in Dienst. Den andern Morgen machte der Riese sich in aller Frühe auf, um seine Ziegen zu hüten, dem Königssohn aber befahl er, inmittlerweile den Stall auszumisten; »und wenn Du damit fertig bist,« sagte er: »dann hast Du für heute Feierabend; denn Du musst wissen, daß Du zu einem guten Herrn gekommen bist; aber Was ich Dir sage, das musst Du treu und ordentlich verrichten; und dann darfst Du in keins von den Zimmern gehen, worin Du noch nicht gewesen bist; thust Du es dennoch, so kostet es Dir das Leben.« — »Ja, wahrhaftig!« sagte der Königssohn, als der Riese fort war: »das ist doch ein guter Herr!« und ging auf und ab im Zimmer und sang und trallei'te; denn er meinte, mit dem Ausmisten hätte es noch gute Weile. »Aber wissen möcht' ich doch wohl, Was in den andern Zimmern sein mag,« sagte er: »es muß wohl etwas Besonderes sein, weil er es mir so strenge verboten hat, hineinzugehen,« und damit ging er rasch in das erste von den Zimmern. Hier hing ein Kessel von der Decke herab und kochte; aber der Königssohn sah kein Feuer darunter. »Was wohl drin sein mag?« dachte er und tauchte einen von seinen Handschuhen hinein, und da wurde der Handschuh als wär' er von lauter Kupfer. »Eine schöne Suppe!« sagte er: »wenn Einer davon kostete, würde er gewiß hübsch um den Schnabel aussehen.« Hierauf ging er in ein andres Zimmer, und da hing auch ein Kessel von der Decke herab und pruttelte und kochte, aber Feuer war auch nicht darunter. »Ich muß den auch mal probiren,« sagte der Königssohn und steckte wieder seinen Handschuh hinein, und nun ward derselbe ganz versilbert. »So theure Suppe giebt's nicht auf meines Vaters Schloß,« sagte der Königssohn: »es fragt sich nur, wie sie schmeckt.« Hierauf ging er in das dritte Zimmer, und da hing auch ein Kessel von der Decke herab und kochte, ganz so, wie in den beiden andern Zimmern, und der Königssohn bekam Lust, den auch zu probiren und tauchte wieder den Handschuh hinein, und da ward derselbe so blank vergoldet, daß es nur so blitzte. »Donner und's Wetter!« sagte der Königssohn: »wird hier Gold gekocht, Was mag man denn dort drinnen kochen?« und damit ging er in das vierte Zimmer. Hier war kein Kessel zu sehen; aber auf der Bank saß eine Jungfrau, das war gewiß eine Königstochter; was für eines Mannes Tochter es aber auch sein mochte, so hatte doch der Königssohn noch nie ihres Gleichen gesehen, so außerordentlich schön war sie. »Um's Himmels willen, Was willst Du hier?« rief sie, sobald sie ihn gewahr ward. »Ich bin seit gestern hier im Dienst,« sagte der Königssohn. »Gott steh' Dir bei für den Dienst, den Du hier bekommen hast!« sagte sie. »O, mir däucht, ich habe einen guten Herrn bekommen,« sagte der Königssohn: »er hat mir heute eben keine schwere Arbeit aufgegeben: wenn ich den Stall ausgemistet habe, kann ich Feierabend machen.« — »Ja, aber wie willst Du das anfangen?« sagte sie: »denn wenn Du so ausmistest, wie andre Leute zu thun pflegen, so kommen für jede Schaufelvoll, die Du hinauswirfst, wieder zehn andre Schaufeln voll hinein. Ich will Dir aber sagen, wie Du es machen sollst: Du musst bloß die Schaufel umkehren und mit dem Stiel ausmisten, dann fliegt Alles von selbst hinaus.« — Ja, das wollte er schon in Acht haben, sagte der Königssohn, und nun blieb er bei der Prinzessinn — ich werde sie so nennen — den ganzen Tag über, denn sie waren bald darüber einig geworden, daß sie einander heirathen wollten, und da wurde denn dem Königssohn der erste Tag, den er bei dem Riesen diente, eben nicht lang, kannst Du glauben. Als es aber gegen Abend kam, sagte sie zu ihm: »Nun ist es am besten, Du mistest den Stall aus, ehe der Riese wieder nach Hause kommt.« Als aber der Bursch in den Stall kam, wollte er sehen, ob es sich wirklich so verhielt, wie die Königstochter ihm gesagt hatte, und fing an, so auszumisten, wie er es früher von den Stallknechten seines Vaters gesehen hatte; aber er mußte bald damit aufhalten; denn als er eine Weile so gemistet hatte, war im Stall beinahe kein Raum mehr, wo er stehen konnte. Darauf mistete er so aus, wie die Königstochter es ihm gelehrt hatte: nämlich, er kehrte die Schaufel um und mistete mit dem Stiel, und nun dauerte es kaum einen Augenblick, da war der Stall so rein, als ob er gefegt und gescheuert wäre. Als er damit zu Stande war, ging er wieder zurück in das Zimmer, das der Riese ihm angewiesen hatte, und da spazierte er auf und ab und sang und trallei'te. Endlich kam der Riese mit den Ziegen wieder nach Hause, und die erste Frage, die er dem Königssohn that, war: »Hast Du nun den Stall ausgemistet?« — »Ja, Herr, der ist rein und sauber,« sagte der Königssohn. »Das will ich mal sehen,« sagte der Riese und ging in den Stall; aber es verhielt sich, wie der Königssohn gesagt hatte. »Du hast gewiß mit meiner Meisterjungfer gesprochen,« sagte der Riese: »denn das hast Du nicht aus Dir selber.« — »Meisterjungfer? Was ist das für Eine?« sagte der Königssohn und stellte sich ganz dumm an: »die möcht' ich wohl mal sehen.« — »Du wirst sie noch früh genug zu sehen kriegen,« sagte der Riese.

Als der Riese den andern Morgen die Ziegen wieder auf die Weide trieb, sagte er zu dem Königssohn, den Tag solle er sein Pferd nach Hause holen, das in der Koppel ginge, und wenn er das gethan hätte, könne er Feierabend machen; »denn Du bist zu einem guten Herrn gekommen, musst Du wissen,« sagte er wieder: »Gehst Du aber in irgend eins der Zimmer, das ich Dir verboten habe, so drehe ich Dir den Hals um,« und damit trieb er seine Heerde in den Wald. »Ja, wahrhaftig, bist Du ein guter Herr!« sagte der Königssohn: »ich möchte aber doch wieder ein Wort mit der Meisterjungfer sprechen, vielleicht daß sie noch eben so früh mein wird, als Dein,« und damit ging er wieder zu ihr hinein. Sie fragte ihn, Was der Riese ihm den Tag zu thun befohlen hätte. »O, es ist eben keine schwere Arbeit,« sagte er: »ich soll bloß das Pferd aus der Koppel holen.« — »Ja, aber wie willst Du das anfangen?« fragte ihn die Meisterjungfer. »O, es gehört wohl eben keine Kunst dazu, ein Pferd aus der Koppel zu holen,« sagte der Königssohn: »denn ich will doch meinen, ich habe schon manches rasche Pferd geritten.« — »Die Sache ist aber gleichwohl nicht so leicht,« sagte sie: »indeß will ich Dir lehren, wie Du es machen musst: Sobald Du das Pferd erblickst, kommt es brausend auf Dich zu und schnaubt Feuer und Flammen aus beiden Nüstern. Paß aber dann gut auf und nimm das Gebiß, das dort bei der

94

Thür hangt, und wirf es ihm ins Maul, dann wird es augenblicklich so zahm, daß Du damit thun kannst, was Du willst.« Ja, das wollte er schon in Acht haben, sagte der Königssohn und blieb nun den ganzen Tag drinnen bei der Meisterjungfer, und sie schwatzten von Diesem und Jenem, und wie herrlich und vergnügt sie leben wollten, wenn sie erst aus der Gewalt des Riesen wären und einander geheirathet hätten; und der Königssohn hätte gewiß Pferd und Koppel darüber vergessen, wenn nicht die Meisterjungfer gegen Abend ihn daran erinnert hätte und zu ihm sagte, es wäre am besten, daß er jetzt das Pferd hole, ehe der Riese nach Hause käme. Das that er denn auch: er nahm das Gebiß, das bei der Thür hing, und lief damit in die Koppel; nun dauerte es nicht lange, so kam das Pferd an und schnob Feuer und Flammen aus beiden Nüstern; da nahm aber der Königssohn seine Gelegenheit wahr und warf ihm das Gebiß in den offenen Rachen, und nun stand das Pferd da, so geduldig, wie ein Lamm, und da war's eben keine große Kunst, es nach dem Stall zu bringen. Als der Bursch damit fertig war, ging er wieder zurück auf sein Zimmer, und dort spazierte er auf und ab und sang und trallei'te.

Wie nun der Riese mit den Ziegen nach Hause kam, war seine erste Frage: »Hast Du auch das Pferd von der Koppel geholt?« — »Ja, Herr!« sagte der Königssohn: »es war ein possirliches Pferd zu reiten; aber ich hab's glücklich in den Stall gebracht.« — »Das will ich mal sehen!« sagte der Riese und ging in den Stall; das Pferd aber stand richtig da, so wie der Königssohn gesagt hatte. »Du hast gewiß mit meiner Meisterjungfer gesprochen,« sagte der Riese: »denn das hast Du nicht aus Dir selber.« — »Gestern spracht Ihr von Eurer Meisterjungfer und heute wieder,« sagte der Königssohn und stellte sich ganz dumm und einfältig an: »Was ist denn das für Eine, Herr? ich möchte sie doch gern einmal sehen.« — »Du wirst sie noch früh genug zu sehen kriegen,« sagte jener.

Als der Riese am dritten Morgen seine Ziegen in den Wald trieb, sagte er zu dem Königssohn: »Heute sollst Du nach der Hölle und den Brandschatz holen, und wenn Du das gethan hast, kannst Du Feierabend machen; denn Du bist zu einem guten

Herrn gekommen, musst Du wissen.« — »Ja, ich will's glauben,«
sagte der Königssohn, als der Riese gegangen war: »ein wie guter
Herr Du aber auch sein magst, so sind es doch garstige Arbeiten,
die Du mir auflegst; ich will indeß mal wieder ein Wort mit Deiner Meisterjungfer sprechen; Du sagst zwar, sie gehört Dir; aber
vielleicht sagt sie es doch mir, wie ich es machen muß,« und damit ging er wieder hinein zu der Meisterjungfer. Als diese ihn
nun fragte, was der Riese ihm den Tag für eine Arbeit aufgegeben
hätte, sagte er, daß er ihm befohlen habe, nach der Hölle zu gehen
und den Brandschatz zu holen. »Und wie willst Du das anfangen?« fragte ihn die Meisterjungfer. »Ja, Du musst es mir sagen,«
versetzte der Königssohn: »denn in der Hölle bin ich noch nicht
gewesen, und wenn ich auch den Weg dahin wüßte, so weiß ich
doch nicht, wie Viel ich einfordern soll.« — »Ja, ich will Dir wohl
helfen,« versetzte die Meisterjungfer: »Du musst nach dem Felsen
dort hinter der Koppel gehen und den Kloben nehmen, der da
liegt, und damit an die Felswand klopfen; dann wird wohl Einer
herauskommen, daß es nur so knistert, dem musst Du Deinen
Auftrag sagen; und wenn er Dich dann fragt, wie Viel Du haben
willst, dann sage nur: »So Viel, als ich tragen kann.«« — Ja, das
wollte er schon in Acht haben, sagte der Königssohn und blieb
nun wieder bei der Meisterjungfer, bis es Abend wurde, und er
wäre gern noch länger da geblieben, wenn sie ihn nicht erinnert
hätte, daß er fort müsse nach der Hölle und den Brandschatz
holen, ehe der Riese wieder nach Hause käme. Der Bursch machte sich nun auf und that, wie die Meisterjungfer ihm gesagt hatte,
ging zu dem Felsen hinter der Koppel, nahm den Kloben und
klopfte damit an die Wand. Sogleich kam Einer heraus, dem die
Funken aus Augen und Nase flogen. »Was willst Du?« rief er.
»Ich soll grüßen von dem Riesen und den Brandschatz für ihn
einfordern,« sagte der Königssohn. »Wie Viel willst Du haben?«
fragte der Andre. »O, ich verlange nicht Mehr, als ich tragen
kann,« versetzte der Königssohn. »Es war Dein Glück, daß Du
nicht ein ganzes Fuder verlangtest,« sagte Der, welcher aus der
Felswand gekommen war: »aber komm jetzt herein, dann will ich
Dir den Brandschatz auszahlen.« Der Königssohn ging nun mit
ihm hinein, und da sah er in dem Berg so viel Gold und Silber, als
Steine in der Erde liegen; er bekam nun eine Tracht, so groß, wie

er sie nur tragen konnte, und damit ging er seines Weges. Als darauf am Abend der Riese mit den Ziegen nach Hause kam, spazierte der Königssohn eben so, wie die beiden Abende zuvor, im Zimmer auf und ab und sang und trallei'te. »Bist Du in der Hölle gewesen und hast den Brandschatz geholt?« fragte ihn der Riese. »Ja, Herr!« sagte der Königssohn. »Wo hast Du ihn denn?« fragte der Riese. »Da auf der Bank steht der Goldsack,« sagte der Königssohn. »Das will ich mal sehen,« sagte der Riese; und als er zusah, stand da ein Sack, der war so gedrängt voll, daß die Gold- und Silberstücke herausfielen, sowie nur der Riese das Band ein wenig auflockerte. »Du hast gewiß mit meiner Meisterjungfer gesprochen,« sagte er: »ist aber das der Fall, dann drehe ich Dir das Genick um.« — »Mit Eurer Meisterjungfer?« sagte der Königssohn: »Gestern und vorgestern schwatztet Ihr von Eurer Meisterjungfer und heute wieder? Was ist denn das für Eine, Herr? ich möchte sie doch gern einmal sehen.« — »Ja, warte nur bis morgen, dann sollst Du sie zu sehen kriegen,« sagte der Riese. — »Danke schön!« sagte der Königssohn: »aber es ist wohl bloß Euer Scherz, Herr.«

Den Tag darauf ging der Riese mit ihm in das Zimmer, worin die Meisterjungfer war. »Jetzt sollst Du ihn schlachten und ihn in dem großen Kessel für mich zum Mittag kochen, und wenn die Suppe fertig ist, kannst Du mich rufen,« sagte er zu ihr und streckte sich auf die Bank hin; und während er nun da lag und schnarchte, daß der alte Berg bebte, nahm die Meisterjungfer ein Messer, schnitt damit den Burschen in den Finger und ließ drei Blutstropfen auf die Bank fließen; darauf nahm sie alle die alten Lappen und Schuhsohlen und andern Kram, den sie finden konnte, und warf es in den Kessel; dann nahm sie einen ganzen Kasten voll gemahlenes Gold und einen Salzstein und eine Wasserflasche, die bei der Thür hing, und einen goldnen Apfel und zwei goldne Hühner nahm sie auch mit, und darauf machten beide sich aus dem Staube, so schnell sie nur konnten. Wie sie nun ein Ende gegangen waren, kamen sie zu dem Meer, und da gingen sie unter Segel; wie sie aber zu dem Schiff gelangten, habe ich nie so recht erfahren können.

Als der Riese eine gute Weile geschlafen hatte, fing er an sich zu strecken. »Ist das Essen noch nicht fertig?« fragte er. »Eben erst angefangen!« sagte der erste Blutstropfen auf der Bank. Darauf legte er sich wieder schlafen und schlief noch eine gute Zeit; endlich fing er wieder an sich zu strecken. »Ist jetzt das Essen fertig?« fragte er, aber ohne aufzusehen, eben so wie er auch das erste Mal gethan hatte, denn er war noch halb im Schlaf. »Halb fertig!« sagte der zweite Blutstropfen. Der Riese aber glaubte, es sei die Meisterjungfer, die das sagte, kehrte sich wieder um und legte sich auf's neue schlafen. Als er nun viele Stunden hinter einander geschlafen hatte, fing er endlich wieder an sich zu rühren und zu strecken. »Ist es denn jetzt fertig?« fragte er. »Vollkommen fertig!« sagte der dritte Blutstropfen. Der Riese richtete sich nun auf und rieb sich die Augen; aber er konnte die Meisterjungfer nirgends erblicken, und darum rief er sie bei Namen. Er bekam aber keine Antwort. »O,« dachte er: »sie ist wohl nur ein wenig hinausgegangen,« und nahm einen Löffel und füllte damit aus dem Kessel, um das Essen zu probiren. Da fand er aber Nichts, als lauter Schuhsohlen und Lumpen und dergleichen Kram darin, und das war zusammengekocht, so daß er nicht wußte, ob's Fisch, oder Fleisch war. Als er das gewahr ward, konnte er sich wohl denken, wie die Sache sich verhielt, und ward so arg, daß er nicht wußte, »auf welchem Bein er stehen wollte;« er eilte sogleich dem Königssohn und der Meisterjungfer nach, und es dauerte nicht lange, so stand er beim Wasser, aber da konnte er nicht hinüber. »Ich weiß schon Rath,« sagte er: »ich will bloß meinen Meersauger rufen.« Wie nun der Meersauger ankam, legte der sich auf die Erde nieder und that dreimal einen guten Trunk, und da ward das Meer so viel kleiner, daß der Riese die Meisterjungfer und den Königssohn auf dem Schiff sehen konnte. »Jetzt musst Du den Salzstein hinauswerfen,« sagte die Meisterjungfer; und als der Königssohn das gethan hatte, entstand plötzlich quer durch das Meer ein so hoher Berg, daß der Riese nicht hinüber konnte, und der Meersauger konnte ihm nun auch nichts helfen. »Ich weiß schon Rath,« sagte der Riese und holte sich seinen Bergbohrer, und damit bohrte er ein großes Loch durch den Berg, so daß der Meersauger wieder trinken konnte. Wie die Meisterjungfer das gewahr ward, sagte sie zu dem Königssohn, jetzt solle er einen, oder zwei Tropfen aus der Flasche gießen; und als der Königssohn das gethan hatte, ward das Meer wieder ganz voll. Ehe nun der Meersauger noch wieder einen guten Trunk thun konnte, waren sie schon am Lande, und damit waren sie gerettet.

Nun wollte der Königssohn die Meisterjungfer nach seines Vaters Schloß bringen; aber er meinte, es schicke sich nicht, daß sie zu Fuß gehe, und darum sagte er zu ihr: »Warte hier eine Weile; ich will nur nach Hause gehen und die sieben Pferde holen, die in meines Vaters Stall stehen; denn ich möchte nicht gern, daß meine Braut zu Fuß auf dem Schloß ankäme. Der Weg dahin ist nicht lang, und ich werde bald wieder hier sein.« — »Ach nein, thu' das nicht!« sagte sie: »denn kommst Du erst zu Deines Vaters Schloß, dann wirst Du mich bald vergessen.« — »Wie sollte ich Dich wohl vergessen,« sagte der Königssohn: »da wir so viel Ungemach zusammen erduldet und einander so lieb haben?« und er wollte und mußte nach Hause und einen Wagen und die sieben Pferde holen, und sie sollte so lange dort am Ufer auf ihn warten; und weil er es nun durchaus nicht anders wollte, so mußte endlich die Meisterjungfer nachgeben. »Aber,« sagte sie: »wenn Du auf das Schloß kommst, musst Du Dir nicht einmal so viel Zeit lassen, daß Du Jemanden grüßest, sondern gradesweges in den Stall gehen und die Pferde vor den Wagen spannen, und dann davon jagen, so schnell Du nur kannst; denn sie werden wohl alle sehr neugierig sein und um Dich herum kommen; aber Du musst thun, als ob Du sie gar nicht bemerktest, und dann darfst Du durchaus keinen Bissen von Dem, was man Dir anbietet, genießen; thust Du das, dann machst Du sowohl Dich, als mich unglücklich.« Der Königssohn versprach ihr, sich genau nach Allem richten zu wollen, was sie ihm gesagt hatte, und versicherte ihr, daß sie durchaus nicht zu fürchten brauche, als ob er sie je vergessen könnte.

Als aber der Königssohn auf dem Schloßhof ankam, hielt grade einer von seinen Brüdern Hochzeit, und die Braut und alle Gäste waren schon da, und Alle kamen um ihn herum und fragten ihn nach Diesem und Jenem und nöthigten ihn mit sich ins Schloß; aber er that, als ob er sie gar nicht bemerkte, ging gradezu in den Stall, zog die Pferde heraus und wollte sie vor den Wagen spannen. Wie sie nun auf keine Art und Weise ihn bewegen konnten, mit ihnen ins Schloß zu gehen, brachten sie ihm zu essen und zu trinken heraus, all das Beste, was man zur Hochzeit angerichtet hatte; aber der Königssohn wollte von Allem keinen Bissen anrühren, sondern beeilte sich nur, die Pferde vor den Wagen zu spannen. Da rollte aber zuletzt die Schwester der Braut einen Apfel über den Schloßhof zu ihm hin: »Wenn Du denn durchaus Nichts genießen willst,« sagte sie: »so kannst Du doch wenigstens in diesen Apfel beißen, denn Du wirst wohl hungrig und durstig sein von der langen Reise.« Da hob der Königssohn den Apfel von der Erde auf und biß hinein. Aber kaum hatte er das gethan, so vergaß er ganz und gar die Meisterjungfer, und daß er sie holen wollte. »Bin ich denn verrückt?« sagte er: »Was will ich mit den Pferden und mit dem Wagen?« und darauf zog er die Pferde wieder in den Stall und ging mit den Andern ins Schloß; und nun dauerte es nicht lange, so war es dahin gekommen, daß er die Schwester der Braut heirathen sollte, dieselbe, welche ihm den Apfel zugerollt hatte.

Die Meisterjungfer saß indeß am Ufer und wartete sieben lang und sieben breit, aber kein Königssohn ließ sich sehen. Endlich ging sie fort, und als sie ein Ende gegangen war, kam sie zu einer kleinen Hütte, welche ganz einsam in einem Walde, nicht weit von des Königs Schloß, lag; da ging sie hinein und bat um Herberge. Drinnen aber saß ein altes Weib, dem die Hütte gehörte, das war aber ein arges und abscheuliches Trollmensch und wollte anfangs von der Meisterjungfer gar Nichts wissen; aber endlich und zuletzt gab sie ihr doch Herberge für Geld und gute Worte. Aber unsauber und schmutzig war es drinnen, wie in einem Schweinstall. Die Meisterjungfer sagte, sie wollte die Hütte ein wenig aufputzen, damit es doch aussehen würde wie bei andern honnetten Leuten; aber das litt die Alte nicht, sondern fing an zu schelten und zu toben und war ganz entsetzlich böse. Aber die Meisterjungfer zog dessen ungeachtet ihren Schrein hervor und warf eine Handvoll Goldmehl in das Kaminfeuer. Da flackerte es hell auf, und ein rother Strahl zog durch die ganze Hütte, so daß sie inwendig und auswendig davon vergoldet wurde. Als die Alte das sah, ward sie so arg, daß sie aus der Haut fahren wollte, und rannte zur Hütte hinaus, als ob der Teufel hinter ihr wäre; da vergaß sie aber, sich zu bücken, und zerbrach sich die Hirnschale an der Thürpfoste.

Den Morgen darauf kam der Schulze da vorbei; der war ganz verwundert über die goldne Hütte, die er im Walde glänzen sah; als er aber hineinging und drinnen die schöne Jungfrau erblickte, da verwunderte er sich noch mehr, und er ward augenblicklich so in sie verliebt, daß er um sie frei'te. »Ja, hast Du aber auch brav Geld?« fragte die Meisterjungfer. Ja, Geld hätte er genug, sagte er, und er wolle sogleich hin und es holen. Am Abend kam er wieder und brachte einen ganzen Scheffelssack voll, den setzte er auf die Bank hin. Ja, weil er so viel Geld hatte, wollte die Meisterjungfer ihn haben, und darauf legten sie sich zusammen ins Bett. Kaum aber hatten sie sich niedergelegt, so wollte die Meisterjungfer wieder aufstehen; denn sie hätte noch vergessen, das Feuer im Kamin anzuschüren, sagte sie. »Ach behüte!« sagte der Schulze: »solltest Du darum aufstehen? Das will ich wohl thun,« und damit sprang er aus dem Bett und lief nach dem Kamin. »Sage mir's, wenn Du den Aschraker angefasst hast,« sagte die Meisterjungfer. »Nun hab' ich ihn angefasst,« sagte der Schulze. »So gebe Gott, daß Du ihn festhältst, und er Dich, und Du da stehen magst die ganze Nacht und Dir Kohlen und Asche über den Kopf raken bis an den hellen Morgen!« sagte die Meisterjungfer, und als sie das gesagt hatte, blieb der Schulze vor dem Kamin stehen und rakte sich Kohlen und Asche über den Kopf die ganze Nacht hindurch, und wie sehr er auch weinen und bitten und raken mochte, so verloschen darum doch nicht die Kohlen, und die Asche wurde nicht kälter. Erst am Morgen, als es Tag wurde, ließ ihn der Aschraker los; aber nun blieb er keinen Augenblick länger in der Hütte, sondern machte sich fort, als ob der Teufel hinter ihm her wäre; und alle Leute, die ihm begegneten sahen ihn an und lachten; denn er legte los, als ob er toll wäre, und aussehen konnte er nicht schändlicher, wenn man ihn gegerbt und geschunden hätte.

Den Tag darauf kam der Amtsschreiber da vorbei; der sah auch die Hütte im Walde glänzen, und als er hineinging, um zu sehen, Wer da wohnte, und die schöne Jungfrau erblickte, da ward er noch mehr in sie verliebt, als der Schulze, und frei'te stehenden Fußes um sie. Ja, sagte die Meisterjungfer wieder, sie wollte ihn wohl haben, wenn er brav Geld hätte. Ja, sagte der Schreiber, Geld hätte er genug, und er wolle sogleich hin und es holen. Am Abend kam er mit einem großen, schweren Sack an, — ich glaube gewiß, es waren zwei Scheffel drin — und den setzte er auf die Bank hin. Nun war denn weiter Nichts im Wege, und sie legten sich zu Bette. Aber kaum hatten sie sich niedergelegt, so hatte die Meisterjungfer vergessen, die Hausthür zuzumachen, und darum wollte sie wieder aufstehen. »Ach, behüte! solltest Du das thun?« sagte der Schreiber: »Nein, bleib Du nur liegen! ich will wohl hingehen,« und damit sprang er aus dem Bett, so leicht »wie eine Erbse auf Birkenrinde« und lief hinaus auf die Diele. »Sage mir's, wenn Du die Thür angefasst hast,« rief die Meister-jungfer. »Nun hab' ich sie angefasst!« rief der Schreiber auf der Diele. »So gebe Gott, daß Du sie festhältst, und sie Dich, und Ihr hin- und herfahren mögt die ganze Nacht, bis daß es Tag wird!« sagte die Meisterjungfer; und nun mußte der Schreiber die ganze Nacht über mit der Thür vorwärts und rückwärts tanzen; aber einen solchen Walzer hatt' er noch nie gemacht, und es verlangte ihn auch nachher nicht, ihn wieder zu machen: bald war er vorn, und bald die Thür, und es ging von der Pfoste an die Mauer, und von der Mauer an die Pfoste, so daß der Schreiber sich beinahe zu Tode stieß. Erst fing er an zu fluchen, und dann zu weinen und zu bitten; aber um alles das bekümmerte sich die Thür gar nicht, sondern hielt fest, so lange, bis es Tag ward; dann erst ließ sie ihn los — und der Schreiber auf und davon, als ob's für Geld ginge; er vergaß sowohl seine Freierei, als den Goldsack, und war nur froh, daß die Thür nicht hinter ihm her getanzt kam. Alle Leute, die ihm begegneten, sahen ihn an und lachten; denn er flog da-von, als ob er toll wäre, und dazu sah er aus, noch schlimmer, als hätten die Böcke ihn die Nacht unter gehabt.

Am dritten Tag kam der Amtmann da vorbei; der hatte kaum die goldne Hütte erblickt, so wollte er auch hin und zuse-hen, Wer da wohnte; und als er nun drinnen die Meisterjungfer sah und sie kaum gegrüßt hatte, war er schon so verliebt in sie, daß er augenblicklich um sie frei'te. Die Meisterjungfer aber ant-wortete ihm eben so, wie den beiden Andern: wenn er brav Geld hätte, dann wollte sie ihn wohl haben. Ja, davon hätt' er nicht so wenig, sagte der Amtmann und ging sogleich nach Hause, um es zu holen. Als er am Abend wiederkam, brachte er einen noch größeren Sack mit, als der Schreiber, — es waren gewiß drei Scheffel drin — und den setzte er auf die Bank hin. Ja, nun war denn Nichts weiter im Wege, nun sollte er die Meisterjungfer haben. Kaum aber hatten sie sich zu Bett gelegt, so sagte die Meisterjungfer, sie hätte vergessen, das Kalb einzulassen, und wollte darum wieder aufstehen. Nein, den Kukuk! das sollte sie ja nicht, das wollte er schon thun, sagte der Amtmann, und der, so dick und fett er war, heraus aus dem Bett, so leichtfüßig, als wär' er ein junger Bursch gewesen. »Sage mir's, wenn Du das Kalb beim Schwanz hältst!« sagte die Meisterjungfer. »Jetzt halt ich's!« rief der Amtmann. »So gebe Gott, daß Du den Schwanz hältst, und er Dich, und Ihr in der Welt herumfahren mögt, bis daß es Tag wird!« sagte die Meisterjungfer, und kaum hatte sie das gesagt, so legte das Kalb mit dem Amtmann los über Stock und Stein, über Berg und Thal, so daß die Heide wackelte, und je mehr der Amtmann fluchte und schrie, desto schneller rannte das Kalb mit ihm davon. Als es Tag wurde, war der Amtmann beinahe zu Matsch, und nun erst ließ das Kalb ihn los; inmittlerweile hatte er aber seine Freierei ganz vergessen und seinen Geldsack dazu. Er ließ es nun zwar etwas sachter angehen, als der Schreiber und der Schulz, aber je schulpusiger er fortkroch, desto mehr Zeit hatten die Leute, ihm nachzugucken und zu lachen.

Den Tag darnach sollte auf dem Schloß die Hochzeit der beiden Prinzen gefeiert werden, nämlich die des ältesten und die des jüngsten, der bei dem Riesen gewesen war, denn der sollte die Schwester von der Braut seines Bruders heirathen, und beide Brautpaare sollten in der Kirche zugleich getrau't werden. Als sie aber in den Wagen stiegen und vom Schloßhof fahren wollten, da zerbrach das eine Wachtholz; sie nahmen nun ein andres, aber das zerbrach auch; darauf nahmen sie ein drittes, aber es half ihnen Alles nichts, denn was für Holz sie auch nehmen mochten, so hielt doch kein einziges. Wie sie nun ganz mißmüthig da standen und nicht fortkonnten, sagte der Schulze — denn der war auch mit zur Hochzeit gebeten, musst Du wissen —: »Dort im Walde wohnt eine Jungfrau, die hat einen Aschraker, womit sie das Feuer anschürt; wenn Ihr nur zu der schicken und sie bitten lassen wolltet, Euch diesen Aschraker zu leihen, so weiß ich gewiß, daß er nicht entzwei geht.« Es wurde nun sogleich zu der Jungfrau geschickt, und sie ließen sie bitten, ihnen doch den Aschraker zu leihen, wovon der Schulz gesprochen hätte. Die Jungfrau sagte auch nicht Nein, sondern gab dem Boten ihren Aschraker, und nun bekamen sie eine Wacht, die nicht entzwei ging, kannst Du glauben. Als sie aber darauf vom Schloßhof fahren wollten, zerbrach plötzlich der Wagenboden; und wie oft sie auch einen neuen Boden machten, und was für Holz sie auch dazu nehmen mochten, so half doch Alles nichts, denn wenn sie aus dem Hof fahren wollten, ging er jedesmal wieder entzwei, und sie waren nun noch übler daran, als vorhin mit dem Wachtholz. Endlich sagte der Amtsschreiber — denn war der Schulze da, so kann man sich wohl denken, daß der Schreiber nicht fehlen durfte —: »Dort im Walde wohnt eine Jungfrau, wenn die Euch bloß ihre eine Halbthür leihen wollte, die von lauter Gold ist, so weiß ich gewiß, daß sie nicht entzwei geht.« Sogleich wurde nun wieder zu der Jungfrau geschickt, und sie ließen sie bitten, ihnen doch die eine Halbthür zu leihen, wovon der Schreiber gesprochen hätte, und die bekamen sie denn auch. Nun war Alles gut, und sie wollten nach der Kirche fahren; aber da waren die Pferde nicht im Stande, den Wagen fortzuziehen; sechs Pferde hatten sie schon davor; dann spannten sie acht vor, dann zehn, dann zwölf; aber wie viel sie auch vorspannten, und wie sehr der Kutscher auch peitschen mochte, es half Alles nichts, der Wagen rührte sich nicht vom Fleck. Es war nun schon ziemlich spät geworden, und zur Kirche wollten und mußten sie, und wie sie nun gar keine Möglichkeit sahen, fortzukommen, waren sie alle nahe daran, zu verzweifeln. Zuletzt aber sagte der Amtmann, dort im Walde wohne eine Jungfrau, die hätte ein Kalb, welches — ja, wenn sie bloß das Kalb geliehen bekämen, sagte er, das würde den Wagen schon ziehen, und wenn er so schwer wäre wie ein Berg. Sie meinten nun zwar, es sähe nicht hübsch aus, mit einem Kalb zur Kirche zu fahren; aber es war einmal kein andrer Rath, sie mußten wieder zu der Jungfrau schicken und sie bitten lassen, ihnen doch das Kalb zu leihen, wovon der Amtmann gesprochen hätte. Die Meisterjungfer sagte auch diesmal nicht Nein, sondern gab dem Boten sogleich das Kalb. Da sie es nun vorgespannt hatten, saus'te der Wagen davon über Stock und Stein, durch Rusch und Busch, so daß sie kaum Athem holen konnten; bald waren sie auf der Erde, und bald waren sie in der Luft; und als sie zur Kirche kamen, flog der Wagen rund um die Kirche, so schnell wie ein Haspel, und es gelang ihnen nur mir genauer Noth, herunterzukommen. Auf dem Rückweg aber ging's noch schneller, und sie hatten fast alle die Besinnung verloren, als sie wieder auf dem Schloßhof ankamen.

Als sie sich zu Tische gesetzt hatten, sagte der Königssohn — der, welcher auf dem Riesenschloß gewesen war — es schicke sich nicht anders, als daß sie auch die Jungfrau einlüden, die ihnen den Aschraker, die Halbthür und das Kalb geliehen; »denn hätten wir die drei Dinge nicht erhalten, so wären wir noch nicht von der Stelle gekommen,« sagte er. Ja, das, däuchte dem König auch, wäre nicht mehr, als billig, und er schickte sogleich fünf von seinen Leuten zu der vergoldeten Hütte mit einem Gruß von ihm, und die Jungfrau möchte doch so gut sein, und aufs Schloß kommen und da zu Mittag essen. Die Jungfrau aber antwortete: »Grüßt nur den König wieder von mir und sagt ihm, wenn er sich zu gut dünke, um selbst zu mir zu kommen, so dünke ich mich auch viel zu gut, um zu ihm zu kommen.« Nun mußte der König sich denn selbst aufmachen, und da ging die Jungfrau auch sogleich mit. Der König aber konnte sich wohl denken, daß sie etwas Mehr war, als sie zu sein schien, und setzte sie darum bei Tafel oben an bei dem jüngsten Bräutigam. Als sie nun eine Weile gesessen hatten, nahm die Meisterjungfer den Hahn und das Huhn und den goldnen Apfel hervor, welche drei Dinge sie aus dem Riesenschloß mitgenommen hatte, und legte sie vor sich auf den Tisch hin; und sogleich fingen der Hahn und das Huhn an, sich um den goldnen Apfel zu schlagen. »Ei seht doch, wie die Beiden da um den goldnen Apfel kämpfen!« sagte der Königssohn. »Ja, so hatten wir beide damals auch zu kämpfen, um aus dem Berg zu kommen,« sagte die Meisterjungfer. Da erkannte der Königssohn sie wieder, und seine Freude war unbeschreiblich; die Trollhexe aber, die ihm den goldnen Apfel zugerollt hatte, ließ er von vier und zwanzig Pferden in Stücke zerreißen, so daß kein Fetzen an ihr ganz blieb; und nun begann erst die rechte Hochzeit; und der Schulz und der Schreiber und der Amtmann, so sehr sie sich auch die Flügel versengt hatten, waren auch mit dabei und hielten aus bis zuletzt.

17.
Wohl gethan und schlecht gelohnt.

Es war einmal ein Mann, der fuhr mit einem Schlitten in den Wald und wollte sich Holz holen; da begegnete ihm der Bär. »Gieb mir Dein Pferd, oder sonst zerreiß ich alle Deine Schafe diesen Sommer,« sagte der Bär.

»Ach, Gott steh mir bei!« sagte der Mann: »ich habe kein Stück Brennholz mehr im Hause; laß mich bloß erst diesen Schlitten heimfahren, denn sonst müssen wir alle todtfrieren; morgen will ich mit dem Pferd wiederkommen.« Na, der Bär ließ ihn denn auch fahren; wenn er aber nicht wiederkäme, sagte er, dann sollt's kaputt gehen mit all seinen Schafen im Sommer.

Der Mann fuhr nun mit seinem Holz nach Hause; aber er war nicht sehr vergnügt über den Accord, wie man sich wohl denken kann. Unterweges begegnete ihm der Fuchs.

»Warum bist Du so betrübt?« fragte der Fuchs ihn.

»Ach, mir ist der Bär im Wald begegnet,« sagte der Mann: »und ich hab' ihm versprechen müssen, ihm morgen um diese Zeit mein Pferd zu bringen; sonst wollte er alle meine Schafe diesen Sommer zerreißen, sagte er.« —

»Nichts weiter, als das?« sagte der Fuchs: »Willst Du mir den fettsten Bock aus Deinem Stall geben, so will ich Dich von dem Bären befreien.«

Ja, das wollte der Mann gern und gab dem Fuchs sein Wort.

»Wenn Du nun morgen mit Deinem Pferd zu dem Bären kommst,« sagte der Fuchs: »so werde ich dort oben auf dem Berg juchen, und wenn dann der Bär Dich fragt: »Was ist Das?« dann sollst Du sagen: »Das ist Peter der Schütz, der beste Jäger im ganzen Land;« und nachher wirst Du Dir schon selbst weiter helfen.«

Als nun am andern Tag der Mann mit seinem Pferd zu dem Bären in den Wald kam, hörte man es bald oben auf dem Berg juchen.

»Horch! Was ist Das?« sagte der Bär.

»O, das ist Peter der Schütz, der beste Jäger im ganzen Land,« sagte der Mann: »ich kenne ihn an der Stimme.« –

»Hast Du keinen Bären hier gesehen, Erich?« rief es durch den Wald.

»Sag' Nein,« sagte der Bär.

»Nein, ich habe keinen Bären gesehen,« sagte Erich.

»Was ist denn Das, was da neben Dir steht?« rief es im Walde.

»Sag', es ist ein alter Kienstamm,« flüsterte der Bär.

»O, es ist nur ein alter Kienstamm,« sagte Erich.

»Solche Kienstämme pflegen wir bei uns auf den Schlitten zu werfen,« rief es im Walde: »Kannst Du's nicht allein, so will ich kommen und Dir helfen.« –

»Sag', Du kannst Dir schon selbst helfen, und wirf mich auf den Schlitten,« sagte der Bär.

»Nein, danke! ich kann mir schon selbst helfen,« sagte der Mann und warf den Bären auf den Schlitten.

»Solche Kienstämme pflegen wir nachher mit dem Strick festzubinden,« rief es im Walde: »Soll ich Dir helfen?« –

»Sag', Du kannst Dir schon selbst helfen, und binde mich fest,« sagte der Bär.

»Nein, danke! ich kann mir schon selbst helfen,« sagte der Mann und band den Bären fest mit all den Stricken, die er bei sich hatte, so daß er kein Glied rühren konnte.

»Und nachher, wenn wir sie festgebunden haben, pflegen wir in solche alte Kienstämme unsre Axt zu hauen,« rief's im Walde: »dann steuern wir besser über die großen Berge.« –

»Thu', als ob Du Deine Axt in mich hau'test,« flüsterte der Bär.

Da nahm der Mann seine Axt und zerspaltete damit dem Bären die Hirnschale, so daß er nicht mehr mucks'te. Darauf kam

Reineke hervor, und sie wurden gute Freunde mit einander.

Als sie nicht mehr weit von dem Gehöft waren, sagte der Fuchs: »Ich habe keine Lust, Dir weiter zu folgen, denn ich kann Deine Hunde nicht gut vertragen; ich will aber hier auf Dich warten, dann kannst Du mir den Bock herbringen; nimm aber einen, der brav fett ist.«

Der Mann gab ihm sein Versprechen und dankte ihm für seine Hülfe; und als er sein Pferd in den Stall gezogen hatte, ging er hinüber zu dem Schafstall.

»Wo willst Du hin?« fragte seine Frau.

»O, ich will nur in den Schafstall und einen fetten Bock für den Fuchs holen, der mein Pferd gerettet hat,« sagte der Mann: »denn ich hab' es ihm versprochen.« —

»Der Henker sollte dem Schelm einen Bock geben!« sagte die Frau: »Unser Pferd haben wir ja und den Bären dazu, und der Fuchs hat uns gewiß schon mehr Gänse gestohlen, als der Bock werth ist, und hat er's noch nicht gethan, so kann er's wohl noch thun. Nein,« sagte sie: »steck lieber ein Paar von Deinen bösesten Hunden in den Sack und schick ihm die auf den Pelz, dann werden wir den alten Schelm vielleicht dazu los.«

Das schien dem Mann ein guter Rath, und er steckte zwei seiner bösesten Hunde in den Sack und damit ging er fort.

»Hast Du den Bock?« fragte der Fuchs.

»Ja, komm und nimm ihn!« sagte der Mann, machte seinen Sack auf und ließ die Hunde heraus.

»Houf!« sagte der Fuchs und nahm einen Satz: »es ist wohl wahr, was ein altes Sprichwort sagt: »Wohl gethan wird schlecht gelohnt,«« und schwang die Fersen, während die Hunde hinter ihm drein waren.

18.
Treu und Untreu.

Es waren einmal zwei Brüder, der eine hieß Treu, und der andere hieß Untreu. Treu war immer gut und aufrichtig gegen Jedermann, aber Untreu war böse und voller Lügen, so daß Niemand auf sein Wort bauen konnte. Die Mutter war Wittwe und hatte nur kümmerlich zu leben; darum mußten die Söhne, als sie herangewachsen waren, in die Welt auswandern, um sich ihr Brod zu verdienen, und jedem von ihnen gab sie einen Schnappsack mit Essen auf den Weg.

Als sie nun so lange fortgewandert waren, bis es Abend wurde, setzten sie sich auf einen vom Sturm umgeworfenen Baum im Walde nieder, und jeder nahm seinen Schnappsack hervor. »Willst Du, wie ich,« sagte Untreu: »so wollen wir erst aus Deinem Sack essen, so lange Was drin ist, naher essen wir aus meinem.« Ja, Treu war's zufrieden, that seinen Schnappsack auf, und sie fingen an zu essen; aber all das Schönste und Beste pfropfte Untreu in sich hinein, und Treu bekam nur die Schwarten und die angebrannte Rinde. Am Morgen war Treu wieder der Wirth und am Mittag auch; da ward aber sein Schnappsack ganz leer. Als sie nun so lange gegangen waren, bis es wieder Abend wurde, und der Hunger sich einstellte, wollte Treu mit aus seines Bruders Schnappsack essen; aber Untreu sagte, das Essen wäre sein, und er hätte nicht Mehr, als er selbst gebrauche. »Ich hab' Dich aber doch aus meinem Schnappsack essen lassen, so lange was drin war,« sagte Treu. »Ja, warum bist ein solcher Narr gewesen und hast das gethan?« sagte Untreu: »Nun kannst Du Dir den Mund lecken, wenn Du nichts Andres hast.« — »Untreu heißt Du, und untreu bist Du, und das bist Du all Dein Lebtag gewesen,« sagte Treu. Als Untreu das hörte, gerieth er so in Wuth, daß er auf den Bruder zurannte, und ihm die Augen aus dem Kopf stach. »Nun kannst Du sehen, welche Leute treu, und welche untreu sind, Du Blindekuh!« sagte er, und damit ging er fort.

Der arme Treu ging nun und tappte blind und allein im dicken Wald umher und wußte nicht, Was er anfangen sollte. Endlich kam er zu einem großen Lindenbaum und da kletterte er hinauf, um nur die Nacht über im Schutz vor den wilden Thieren zu sein. »Wenn morgen die Vögel singen, dann ist es Tag,« dachte er: »und dann muß ich zusehen, daß ich weiter komme.« Als er aber eine Weile da gesessen hatte, hörte er, daß Jemand unter den Baum kam und anfing zu kochen und zu braten; und es dauerte nicht lange, so kamen noch Mehr, und als sie einander grüßten, hörte er, daß es der Bär, der Wolf, der Fuchs und der Hase waren, die wollten den St. Johannistag feiern.

Sie fingen nun an zu essen und zu trinken und thaten sich gütlich; und als sie damit fertig waren, setzten sie sich hin und schwatzten mit einander. Darauf sagte der Fuchs: »Wir wollen einander Geschichten erzählen.« Der Vorschlag gefiel, und der Bär begann zuerst, denn der war der Vornehmste. »Der König von England,« sagte er: »hat schlechte Augen: er kann fast nicht einen Ellbogen weit vor sich sehen; aber wenn er des Morgens auf diese Linde stiege, während der Thau auf den Blättern sitzt, und sich damit die Augen bestriche, so würde er wieder eben so gut sehen lernen, als er's zuvor gekonnt hat.« »Ja,« sagte der Wolf: »der König von England hat auch eine taubstumme Tochter; aber wüßte er, Was ich weiß, so wäre ihr bald geholfen: Als sie nämlich voriges Jahr zum Abendmahl ging, spuckte sie das Altarbrod wieder aus, und da kam eine große Kröte und verschlang es. Wenn sie jetzt nur in der Kirche unter dem Fußboden nachgrüben, so würden sie die Kröte finden; denn die sitzt unter dem Altar, und das Brod steckt ihr noch im Halse; und wenn sie dann die Kröte aufschnitten und das Brod der Prinzessinn zu essen gäben, so würde sie wieder eben so gut hören und sprechen lernen, als andre Leute.« — »Ja, ja,« sagte der Fuchs: »wenn der König von England wüßte, Was ich weiß, dann hätte er nicht so schlechtes Wasser in seinem Schloßhof; denn unter dem großen Stein mitten im Hof ist das klarste Brunnenwasser, das man sich nur wünschen kann, wenn er bloß so klug wäre und da nachgrübe.« — »Ja,« sagte der Hase: »der König von England hat den schönsten Obstgarten im ganzen Lande, aber er trägt ihm keinen Apfel, denn es liegt eine schwere goldene Kette dreimal rund um den Garten vergraben; wenn er aber die herausgrübe, so würde es der schönste Garten im ganzen Reich werden.« — »Nun ist es schon spät in der Nacht, und wir thun am besten, wir gehn wieder nach Hause,« sagte der Fuchs; und damit gingen Alle ihres Weges.

Als sie fort waren, schlief Treu, der oben in der Linde saß, sogleich ein; aber sowie am Morgen die Vögel zu singen begannen, erwachte er wieder, und nun nahm er von dem Thau, der auf den Blättern saß, und bestrich sich damit die Augen, und als er das gethan hatte, konnte er wieder eben so gut damit sehen, als zuvor, eh' Untreu sie ihm ausgestochen. Nun ging er gradesweges auf's Schloß zu dem König von England und bat um Arbeit, und die bekam er denn auch. Eines Tages kam der König hinaus auf den Hof, und als er da eine Weile auf- und abgegangen war, wollte er Etwas zu trinken haben aus seinem Brunnen, denn es war sehr heiß den Tag; als sie aber das Wasser aufschöpften, war es ganz schlammig und trübe. Darüber ward der König ärgerlich und sprach: »Ich bin der Einzige in meinem Reich, der schlechtes Wasser in seinem Hof hat, und doch muß ich es weit unter Berg und Thal herleiten.« — Treu aber sprach zu ihm: »Wenn Du mir nur etliche Leute zu Hülfe geben wolltest, damit ich den großen Stein aufbrechen könnte, der mitten in Deinem Hof liegt, dann solltest Du schon reines und gutes Wasser bekommen, und das so viel Du nur wünschen magst.« Dazu war der König sogleich bereit; und kaum hatten die Leute den Stein aufgebrochen und eine Weile gegraben, so sprang das Wasser in hellen Strahlen in die Höhe, und klareres Wasser fand man nicht in ganz England.

Einige Zeit darnach war der König eines Tages wieder auf dem Hof; da schoß plötzlich ein großer Habicht auf seine Hühner herab, und Alle klatschten in die Hände und riefen: »Da ist er! da ist er!« Der König griff nach seiner Büchse und wollte den Habicht schießen; aber er konnte nicht so weit sehen. Darüber war er sehr betrübt und sprach: »Wollte Gott, daß mir nur Jemand einen guten Rath für meine Augen geben könnte! Ich glaube, ich werde am Ende noch ganz blind.« — »Ich will Dir wohl sagen, wie Dir zu helfen ist,« sagte Treu, und erzählte ihm von dem wunderthätigen Thau auf der Linde, wodurch er selbst einmal sein Gesicht wieder erlangt hätte. Und der König begab sich noch denselben Abend nach dem Wald und schlief die Nacht über auf der Linde;

und als er sich darauf am Morgen mit dem Thau, der auf den Blättern saß, die Augen bestrichen hatte, da konnte er wieder eben so gut sehen, als zuvor. Aber von der Zeit an hielt der König von Keinem mehr, als von Treu, und er mußte immer um ihn sein, wo er nur ging und stand. Eines Tages gingen sie zusammen im Garten spazieren. »Ich weiß nicht, woher es kommt,« sagte der König: »aber Keiner in meinem ganzen Lande hat so Viel auf seinen Garten verwendet, als ich, und doch kann ich keinen einzigen Baum so weit bringen, daß er auch nur einen Apfel trägt.« Da sagte Treu zu dem König: »Willst Du mir Das geben, was dreimal rund um Deinen Garten liegt, und auch so viel Leute, um es aufzugraben, dann sollen die Bäume in Deinem Garten bald Früchte genug tragen.« Ja, das wollte der König gern. Treu bekam Leute zum Graben, so viel er nur wollte; und als sie eine Weile gegraben hatten, trafen sie auf die goldne Kette, die dreimal rund um den ganzen Garten ging; und als sie die herausgegraben hatten, fingen auch die Bäume im Garten an, Früchte zu tragen, und trugen bald so viel, daß die Zweige bis an die Erde herunterhingen. Treu war nun ein reicher Mann, weit reicher als der König selbst; aber dieser freu'te sich bloß, daß nun die Bäume in seinem Garten so schöne Früchte trugen.

Eines Tages gingen Treu und der König zusammen und schwatzten von Diesem und Jenem; da kam grade die Prinzessinn an ihnen vorüber, und der König wurde ganz betrübt, als er sie sah, und sprach: »Ist es nicht Jammer und Schade, daß eine so schöne Prinzessinn, wie meine Tochter ist, des Gehörs und der Sprache beraubt sein muß?« —

»Dafür wäre wohl Rath,« meinte Treu. Als der König das hörte, ward er so froh, daß er dem Burschen die Prinzessinn und das halbe Reich versprach, wenn er ihr bloß das Gehör und die Sprache wieder verschaffen könne. Treu aber nahm ein paar Leute mit sich in die Kirche und grub die Kröte heraus, die dort unter dem Altar saß, schnitt ihr den Rachen auf, nahm das Brod heraus und gab es der Königstochter zu essen — und sowie sie das gegessen hatte, konnte sie wieder eben so gut hören und sprechen, wie andre Leute.

Nun war es so weit, daß Treu die Prinzessinn heirathen sollte, und es wurde zur Hochzeit angerichtet; das sollte aber eine Hochzeit werden, wovon man sich im ganzen Lande zu erzählen hätte. Während sie nun Alle lustig waren und sangen und tanzten, kam ein armer Bettler vor die Thür und bat um ein Wenig zu essen; aber er hatte so lumpige Kleider an und sah so entsetzlich elend aus, daß Alle sich vor ihm kreuzten. Treu aber erkannte ihn sogleich und sah, daß es sein Bruder Untreu war. »Kennst Du mich nicht?« fragte Treu ihn. »Ach, wo sollte ich wohl einen so großen Herrn gesehen haben, wie Ihr seid?« sagte Untreu. »Gesehen hast Du mich allerdings,« sagte Treu: »denn das war ich, dem Du vor einem Jahr die Augen ausstachst. Untreu heißt Du und untreu bist Du; das sagte ich Dir damals, und das sag' ich Dir auch noch jetzt; Du bist aber dessen ungeachtet mein Bruder, und darum sollst Du nicht hungrig von dannen gehen, sondern zu essen und zu trinken haben, und darnach kannst Du Dich zu der Linde begeben, auf der ich voriges Jahr in der Nacht saß – und erfährst Du dann Etwas, das zu Deinem Heil dienen kann, so ist es gut für Dich.« Untreu ließ die Worte nicht verloren sein. »Hat Treu, weil er eine Nacht auf der Linde saß, ein solches Glück davon getragen, daß er binnen einem Jahr König von halb England geworden ist, so – Wer weiß – dachte er und machte sich auf den Weg nach dem Walde und stieg auf die Linde. Er hatte noch nicht lange da gesessen, so kamen die Thiere unter dem Baum zusammen, aßen und tranken und feierten den St. Johannistag. Als sie nun genug gegessen und getrunken hatten, machte der Fuchs wieder den Vorschlag, daß sie einander Geschichten erzählen wollten, und da kannst Du Dir wohl denken, wie Untreu die Ohren spitzte. Aber der Bär war das Mal verdrießlich, brummte und sprach: »Es hat Jemand ausgeschwatzt, Was wir uns voriges Jahr erzählten, und darum wollen wir jetzt schweigen von Dem, was wir wissen!« und darauf sagten die Thiere einander gute Nacht und gingen ihres Weges; und Untreu war nicht klüger geworden, als zuvor, das macht, weil er Untreu hieß und weil er untreu war.

19.
Peter und Paul und Esben Aschenbrödel.

Es war einmal ein Mann, der hatte drei Söhne, die hießen Peter und Paul und Esben Aschenbrödel; aber weiter als die drei Söhne hatte er auch Nichts in der Welt, ja, er war so arm, daß er nicht einmal einen Knopf an seinem Rock hatte, und darum sagte er oft und alle Tage zu den Burschen, sie sollten fort in die Welt und sich ihr Brod verdienen, denn zu Hause bei ihm müßten sie doch am Ende nur todt hungern. Nun sollst Du mal hören, wie zuletzt die Burschen auf den Trab kamen; das ging nämlich so zu:

Nicht weit davon, wo der Mann wohnte, lag ein Königsschloß, und grade vor den Fenstern des Königs stand eine Eiche, die war so groß und so dick, daß sie alles Licht wegnahm, so daß die Sonne nicht ins Zimmer scheinen konnte. Darum hatte der König Demjenigen, der die Eiche umhauen könnte, viel Geld versprochen; aber dazu taugte Keiner; denn sobald Einer nur einen Span von dem Stamm abhau'te, wuchs gleich wieder noch einmal so Viel daran. Ferner wollte der König einen Brunnen gegraben haben, der sollte das ganze Jahr hindurch Wasser halten; denn alle Großen in seinem Reich hatten Brunnen, nur er hatte keinen, und das, däuchte dem König, wäre doch Unrecht. Wer ihm nun einen solchen Brunnen graben konnte, der das ganze Jahr hindurch Wasser hielt, dem hatte er Geld und auch noch viele andre Dinge versprochen; aber Keiner konnt' es zu Stande bringen, denn das Schloß lag oben auf einem Berg, und kaum hatte man einige Zoll tief in die Erde gegraben, so kam man auf den harten Felsboden. Da sich aber der König einmal in den Kopf gesetzt hatte, daß die Sache zu Stande gebracht werden sollte, so ließ er zuletzt weit und breit bekannt machen in seinem ganzen Land, daß Der, welcher die große Eiche vor dem Schloß umhauen, und einen Brunnen graben könnte, der das ganze Jahr hindurch Wasser hielt, die Prinzessinn und das halbe Reich haben sollte. Nun kann man sich wohl denken, daß Viele kamen, um ihr Glück zu versuchen; aber was sie auch hauen und sägen und hacken und graben mochten, es half Alles nichts: die Eiche wurde bei jedem Hieb nur noch dicker, und der Felsboden wurde nicht weicher. Endlich wollten die drei Brüder auch fort und ihr Glück versuchen, und damit war der Vater wohlzufrieden; denn bekämen sie auch nicht die Prinzessinn und das halbe Reich, dachte er, so könnten sie doch wohl bei irgend einem braven Mann in Dienst kommen, und Mehr wünschte er nicht; und als darum die Brüder davon anfingen, daß sie zu dem Königsschloß wollten, sagte der Vater auch gleich Ja, und darauf machten Peter und Paul und Esben Aschenbrödel sich auf den Weg.

Als sie ein Ende gegangen waren, kamen sie an einem mit Tannen bewachsenen Berg vorbei, und oben da hau'te und hau'te es. »Das wundert mich, daß es da oben auf dem Berg so hau't,« sagte Esben Aschenbrödel. »Du bist immer gleich bei der Hand mit Deinem Verwundern,« sagten Peter und Paul: »ist das zu verwundern, daß ein Holzhauer da auf dem Berg hau't?« — »Ja, ich möchte aber doch wissen, Was es ist,« sagte Esben Aschenbrödel, und ging hinauf. »Wenn Du ein solcher Narr bist, so sieh zu, dann wirst Du's erfahren!« riefen die Brüder ihm nach; aber Esben bekümmerte sich nicht darum, sondern ging grade nach dem Ort hin, wo er es hauen hörte, und da sah er nun eine Axt, welche ganz allein da stand und an einer Tanne hau'te. »Was stehst Du hier ganz allein und hau'st?« fragte Esben Aschenbrödel. »Ach, nun hab' ich hier gestanden und gehau't manchen lieben Tag, und hab' nur auf Dich gewartet,« sagte die Axt. »Gut, nun bin ich hier,« sagte Esben, schlug die Axt von dem Helft herunter und steckte sie in seinen Schnappsack. Als er nun wieder zu seinen Brüdern kam, machten sie sich über ihn lustig und fragten: »Na, was war denn Das für Schönes, was Du da oben sah'st?« — »O, es war bloß eine Axt,« sagte Esben.

Als sie nun ein Ende weiter gegangen waren, kamen sie wieder zu einem Berg, und oben da hörten sie es hacken und graben. »Das wundert mich,« sagte Esben: »ich möchte doch wohl wissen, Was es ist, das da so hackt und gräbt.« — »Du bist immer gleich bei der Hand mit Deinem Verwundern,« sagten Peter und Paul: »hast Du denn nie die Vögel auf den Bäumen hacken und bicken hören?« — »Ja, aber ich hätte doch Lust, zu sehen, Was es ist,« sagte Esben und bekümmerte sich nicht darum, daß die Andern ihn wieder auslachten, sondern ging gradezu auf den Berg. Dort oben sah er nun eine Steinhacke, die stand da ganz allein und hackte und grub. »Guten Tag!« sagte Esben Aschenbrödel: »Was stehst Du hier ganz allein und hackst und gräbst?« — »Ach, nun hab' ich hier gestanden und gehackt und gegraben manchen lieben Tag und habe nur auf Dich gewartet,« sagte die Hacke. »Gut, nun bin ich hier,« sagte Esben, schlug die Hacke vom Stiel herunter, steckte sie in seinen Schnappsack, und damit ging er wieder fort. »Das war wohl was Schönes, was Du da oben sah'st,« sagten Peter und Paul zu ihm, als er sie wieder eingeholt hatte. »O, es war nur eine Steinhacke,« sagte Esben Aschenbrödel.

Nun gingen sie ein gutes Ende weiter, bis sie endlich zu einem Bach kamen, und da nun alle Drei durstig waren von der Reise, legten sie sich nieder, um zu trinken. »Mich wundert nur dieser Bach,« sagte Aschenbrödel: »ich möchte doch wohl wissen, wo das Wasser herkommt.« — »Mich wundert nur, daß Du nicht recht im Kopf bist!« sagten Peter und Paul: »bist Du aber noch nicht verrückt, so wirst Du es wohl vor lauter Verwunderung bald werden. Hast Du denn noch nie gehört, daß das Wasser aus der Erde quillt?« — »Ja aber ich hätte doch Lust, zu sehen, wo es herkommt,« sagte Esben Aschenbrödel, und damit ging er an dem Bach entlang und bekümmerte sich nicht darum, daß seine Brüder hinter ihm herriefen und ihn auslachten. Als er nun ein weites Ende gegangen war, wurde der Bach schmäler und immer schmäler, und endlich sah er da eine große Wallnuß liegen, aus der sickerte das Wasser heraus. »Guten Tag,« sagte Esben: »Was liegst Du hier so allein und sickerst?« — »Ach, nun hab' ich hier gelegen und gesickert manchen lieben Tag und habe nur auf Dich gewartet,« sagte die Wallnuß. »Gut, nun bin ich hier,« sagte Esben, nahm einen Flausch Moos und stopfte es in das Loch, so daß das Wasser nicht heraus konnte, und dann steckte er die Wallnuß in seinen Schnappsack und ging wieder zurück zu seinen Brüdern. »Nun hast Du wohl gesehen, wo das Wasser herkommt; das sah wohl hübsch aus, kann ich mir denken,« sagten Peter und Paul. »O, es war bloß ein Loch, wo es herausfloß,« sagte Esben Aschenbrödel, und die Brüder lachten und machten sich über ihn lustig; aber Esben bekümmerte sich nicht darum, sondern sagte bloß: »Ich hatte nun einmal meine Lust daran, es zu sehen.«

Als sie nun noch etwas weiter gegangen waren, kamen sie

zu dem Königsschloß. Aber da nun so viele Leute gehört hatten, daß sie die Prinzessinn und das halbe Reich gewinnen könnten, wenn sie es zu Stande brächten, die große Eiche umzuhauen und einen Brunnen im Schloßhof zu graben, der immer Wasser hielt, so waren schon so Viele gekommen, die ihr Glück versucht hatten, daß die Eiche noch einmal so groß und dick geworden war, als vorher; denn Du erinnerst Dich wohl noch, daß immer doppelt so Viel wieder anwuchs, als man mit der Axt abhau'te. Darum hatte der König nun die Strafe ausgesetzt, daß wenn künftig Einer sein Glück versuchen wollte und die Eiche nicht umhauen könnte, ihm beide Ohren abgeschnitten werden sollten, und darnach sollte er auf eine Insel hinausgebracht werden, die mitten im Meer lag. Aber die beiden Brüder ließen sich dadurch nicht abschrecken, sie meinten, sie wollten die Eiche schon umhauen, und Peter, welcher der älteste war, sollte zuerst den Versuch machen. Aber es ging ihm nicht besser, als all den Andern, die vor ihm ihr Glück versucht hatten; denn für jeden Span, den er abhieb, wuchs gleich noch einmal so Viel wieder daran. Da nahmen die Leute des Königs ihn bei den Schlafitten und brachten ihn hinaus auf die Insel, nachdem sie ihm vorher beide Ohren abgeschnitten hatten. Nun wollte sich Paul daran machen; aber dem gings um Nichts besser. Als er zwei bis drei Hiebe gethan hatte, und die Leute sahen, daß die Eiche nur noch größer wurde, nahmen sie ihn ebenfalls beim Kragen und brachten ihn hinaus auf die Insel; ihm aber schnitten sie die Ohren noch dichter beim Kopf ab, weil er der Bruder von dem Andern war. Nun wollte sich Esben Aschenbrödel daran machen. »Möchtest Du gern aussehen, wie ein gemerktes Schaf, so wollen wir Dir lieber die Ohren gleich abschneiden, dann sparst Du die Mühe,« sagte der König und war gewaltig böse auf ihn, von wegen seiner Brüder. »Ich hätte doch Lust, erst mein Glück zu versuchen,« sagte Esben, und das durften sie ihm denn nicht verwehren. Er nahm nun seine Axt aus dem Schnappsack, steckte sie wieder auf den Helft und sprach dann: »Hau selber!« und sogleich fing die Axt an zu hauen, daß nur die Späne so flogen, und da dauerte es nicht lange, so war die Eiche herunter. Wie das gethan war, nahm Esben seine Hacke hervor, steckte sie wieder an den Stiel, und sprach dann: »Grabe und hacke selbst!« und sogleich fing die Hacke an zu graben und zu hacken, daß Erde und Steine umherflogen, und da kann man sich denn wohl denken, daß der Brunnen tief genug werden mußte. Als Esben ihn so tief und so groß hatte, wie er ihn haben wollte, nahm er seine Wallnuß und legte sie unten auf den Boden, dann zog er das Moos wieder aus dem Loch und sprach: »Fang' nun an zu sickern!« Da fing die Wallnuß an zu sickern, daß nur das Wasser so strömte, und da dauerte es nicht lange, so war der Brunnen bis an den Rand voll. So hatte nun Esben Aschenbrödel die Eiche umgehauen, die vor den Fenstern des Königs schattete, und einen Brunnen im Schloßhof gegraben, der beständig Wasser hielt; und da bekam er die Prinzessinn und das halbe Reich, so wie der König es versprochen hatte. Gut war es, daß Peter und Paul ihre Ohren verloren hatten, denn sonst hätten sie es immer und alle Tage hören müssen, daß Esben Aschenbrödel sich doch nicht so schlecht gewundert hatte.

20.
Die Mühle, die auf dem Meergrunde mahlt.

Es waren mal in uralter Zeit zwei Brüder, der eine war reich, und der andre war arm. Als nun das Weihnachtsfest herankam, hatte der arme keinen Bissen Fleisch, noch Brod im Hause, ging darum zu seinem Bruder und bat ihn um eine Kleinigkeit in Gottes Namen. Nun war es aber nicht das erste Mal, daß der reiche Bruder dem armen Etwas gegeben hatte, und er war daher eben nicht sonderlich froh, als er ihn kommen sah. »Willst Du thun, Was ich Dir sage,« sprach er: »so sollst Du einen ganzen Schinken haben, so wie er im Rauch hangt.« Ja, das wollte der Arme gern und bedankte sich. »Da hast Du ihn!« sagte der Reiche, indem er ihm den Schinken zuwarf: »und geh nun zur Hölle!« — »Hab' ich es versprochen, so muß ich es thun,« sagte der Andre, nahm den Schinken und ging fort. Er wanderte wohl den ganzen Tag, und als es dunkel wurde, erblickte er vor sich einen hellen Lichtschimmer. »Hier muß es sein!« dachte er. Etwas weiter hin im Walde aber stand ein alter Mann mit einem langen weißen Bart und hau'te Holz. »Guten Abend!« sagte Der mit dem Rauchschinken. »Guten Abend! Wo willst Du hin?« sagte der Mann. »O, ich wollte nur zur Hölle, aber ich weiß nicht, ob ich recht gegangen bin,« versetzte der Arme. »Ja, Du bist ganz recht,« sagte der alte Mann: »denn das hier ist die Hölle,« und weiter sagte er: »Wenn Du nun hineinkommst, dann werden sie Dir wohl alle Deinen Schinken abkaufen wollen, denn Schweinfleisch ist ein seltnes Gericht in der Hölle; aber Du sollst ihn für kein Geld verkaufen, sondern sollst dafür die alte Handmühle verlangen, die hinter der Thür steht. Wenn Du dann wieder herauskommst, will ich Dir auch lehren, wie Du sie stellen musst; denn die Mühle ist zu Etwas gut, musst Du wissen.« Der Mann mit dem Schinken dankte für guten Bescheid und klopfte beim Teufel an.

Als er hineintrat, geschah es, wie der Alte ihm gesagt hatte: alle Teufel, groß und klein, kamen um ihn herum, und der eine überbot immer den andern auf den Rauchschinken. »Es war freilich meine Absicht, ihn zum Weihnachts-Heiligen-Abend mit meinem Weib zu verschmausen;« sagte der Mann: »aber weil Ihr alle so erpicht darauf seid, will ich ihn Euch wohl überlassen;

aber ich verkaufe ihn für keinen andern Preis, als für die alte Handmühle, die da hinter der Thür steht.« Damit wollte aber der Teufel nicht gern heraus, und er dung und feilschte mit dem Mann; aber der blieb bei Dem, was er gesagt hatte, und da mußte ihm denn der Teufel endlich die Mühle überlassen. Als der Mann nun wieder aus der Hölle herausgekommen war, fragte er den alten Holzhauer, wie er denn die Mühle stellen müsse, und als der es ihm gesagt hatte, bedankte er sich und machte sich wieder auf den Heimweg; aber wie sehr er auch ausholte, so kam er doch nicht eher, als nachts um zwölf Uhr zu Hause an.

»Aber wo in aller Welt bist Du denn eigentlich gewesen?« sagte seine Frau, als er eintrat: »Ich hab' hier gesessen und gewartet von einer Stunde zur andern und habe nicht einmal zwei Holzsplitter kreuzweis über einander unter den Grützkessel zu legen, damit ich uns ein Weihnachtsessen koche.« — »O,« sagte der Mann: »ich konnte nicht gut eher kommen, denn ich hatte ein Geschäft zu besorgen und mußte deßhalb einen weiten Weg machen; aber nun sollst Du mal sehen, Was ich uns mitgebracht habe!« und damit stellte er die Mühle auf den Tisch hin und ließ sie mahlen, erst Lichter, dann ein Tischtuch, und darnach Essen und Bier und Alles, was zu einem guten Weihnachtsschmaus gehört; und so wie er es der Mühle befahl, so mahlte sie. Seine Frau stand da und kreuzte sich das eine Mal über das andre und wollte durchaus wissen, wo der Mann die Mühle herbekommen hätte; aber damit wollte er nicht heraus: »Es kann ganz einerlei sein, woher ich sie habe, Frau,« sagte er: »Du siehst, daß die Mühle gut ist, und daß das Mahlwasser nicht all wird, und das ist Genug,« und er mahlte Essen und Trinken und Alles, was gut schmeckt, für das ganze Weihnachtsfest, und am dritten Tag bat er seine Freunde zu sich, denn er wollte ihnen einen Gastschmaus geben. Als der reiche Bruder sah, Was da alles zum Schmaus bereit stand, lief es ihm heiß und kalt über die Haut, weil er seinem Bruder durchaus Nichts gönnte. »Am Weihnachts-Abend,« sagte er zu den Andern: »war er noch so bettelarm, daß er zu mir kam und mich um eine Kleinigkeit in Gottes Namen bat, und nun auf einmal lässt er's drauf gehen, als wenn er Graf, oder König geworden wäre. — Wo zum ewigen Satan! hast Du all den Reichthum herbekommen?« fragte er den Bruder. »Hinter der

Thür,« sagte der, denn er hatte keine Lust, ihm zu beichten; aber gegen Abend, als er ein wenig in den Krüsel bekommen hatte, konnte er sich nicht länger halten, sondern kam mit der Mühle zum Vorschein. »Da siehst Du die Gans, die mir all den Reichthum gebracht hat,« sagte er und ließ die Mühle bald Dies, bald Jenes mahlen. Als der Bruder das sah, wollte er ihm die Mühle durchaus abkaufen; aber der Andre wollte sich anfangs gar nicht dazu verstehen; endlich aber, wie der Bruder so sehr darum anhielt, sollte er sie denn für dreihundert Thaler haben; aber bis zum Heumonat, das bedung er sich aus, wollte er sie noch behalten; »denn,« dachte er: »hab' ich sie noch so lange, kann ich mir Essen damit mahlen für manches liebe Jahr.« In dieser Zeit nun wurde die Mühle, wie man sich wohl denken kann, nicht rostig, und als der Heumonat herankam, erhielt der Bruder sie; aber der Andre hatte sich wohl gehütet, ihm zu sagen, wie er sie stellen müßte. Es war am Abend, als der Reiche die Mühle nach Hause brachte, und am Morgen sagte er zu seiner Frau, sie sollte mit den Schnittern ins Feld gehen und das Heu hinter ihnen kehren, er wolle derweile das Mittagsessen bereiten. Als es nun so gegen Mittag war, stellte er die Mühle auf den Küchentisch hin. »Mahl Hering und Milchsuppe, daß es Art hat!« sprach er. Da fing die Mühle an zu mahlen Hering und Milchsuppe, erst alle Schüsseln und Grapen voll, und nachher so viel, daß die ganze Küche davon schwamm. Der Mann stellte und dreh'te die Mühle; aber wie er sie auch handthieren mochte, so hielt die Mühle nicht auf, zu mahlen, und zuletzt stand die Milchsuppe schon so hoch, daß der Mann nahe daran war, zu ertrinken. Nun riß er die Stubenthür auf; aber es dauerte nicht lange, so hatte die Mühle auch die Stube vollgemahlt, und nur mit genauer Noth konnte der Mann noch die Thürklinke in der Fluth von lauter Milchsuppe erfassen. Wie er nun die Thür aufgemacht hatte, stürzte er hinaus ins Freie, und Hering und Milchsuppe immer hinter ihn drein, so daß der ganze Hof und das Feld davon strömte.

Indessen däuchte es der Frau, die das Heu auf dem Felde kehrte, es daure ziemlich lange, eh' der Mann käme und sie zum Mittag abriefe. »Wir wollen nur nach Hause gehen,« sagte sie zu den Schnittern: »denn ich kann es mir wohl denken, er kann mit der Milchsuppe nicht allein fertig werden, und ich muß ihm nur helfen.« Sie machten sich also auf und gingen nach Hause. Wie sie aber hinter den Berg kamen, schwamm ihnen Hering und Milchsuppe und Brod entgegen, alles durch einander, und der Mann lief immer voran. »Gott gebe, daß Jeder von Euch hundert Bäuche hätte, um in sich zu schlingen!« rief er: »Nehmt Euch aber in Acht, daß Ihr nicht in meinem Mittagsessen ersauft!« und damit fuhr er ihnen vorbei, als wär' der Teufel hinter ihm her, und hinüber zu seinem Bruder; den bat er nun um Gottes willen, er möchte doch sogleich die Mühle wiedernehmen; »denn mahlt sie noch eine Stunde dazu,« sprach er: »so vergeht das ganze Dorf in lauter Hering und Milchsuppe.« Der Bruder aber wollte die Mühle nicht wiedernehmen, wenn der Andre ihm nicht noch dreihundert Thaler dazu bezahlte. Weil nun durchaus kein andrer Rath war, so mußte der Reiche mit dem Gelde heraus. Nun hatte der Arme sowohl Geld, als die Mühle, und da dauerte es denn nicht lange, so hatte er sich ein Haus gebau't, noch weit prächtiger, als das, worin der Bruder wohnte. Mit der Mühle mahlte er so viel Gold zusammen, daß er die Wände mit lauter Goldplatten bekleiden konnte, und das Haus lag so nahe am Strande, daß man den Glanz davon schon von weitem auf dem Meer sah. Alle, die da vorbeisegelten, hielten dort an, um den reichen Mann in dem goldnen Hause zu besuchen und die wunderbare Mühle zu sehen; denn es ging davon ein Gerede weit und breit.

Einmal kam auch ein Schiffer dort vorbei, der wollte ebenfalls die Mühle sehen, und als er sie gesehen hatte, fragte er, ob sie auch wohl Salz mahlen könne. »Ja, Salz kann sie auch mahlen,« sagte der Mann; und nun wollte der Schiffer sie ihm durchaus abkaufen, sie möchte kosten, Was sie wolle; »denn habe ich die,« dachte er: »dann brauch' ich nicht immer so weit über's wilde Meer zu segeln, um Salz zu holen; sondern kann mir einen guten Tag pflegen.« Anfangs aber wollte der Mann sie durchaus nicht losschlagen; aber der Schiffer bat ihn so lange und so flehend, bis er sie ihm endlich für viele tausend Thaler verkaufte. Als nun der Schiffer die Mühle bekommen hatte, blieb er nicht lange in der Gegend; denn er dachte, dem Mann könne der Handel nachher wieder leid werden; er ließ sich auch nicht einmal so viel Zeit, daß er ihn fragte, wie er die Mühle stellen müßte, sondern ging schnell auf sein Schiff und stieß von Land. Als er ein Ende hinausgekommen war in die große See, nahm er seine Mühle hervor. »Mahl Salz, daß es Art hat!« rief er. Da fing die Mühle an und mahlte Salz, daß es knisterte und sprüh'te. Als der Schiffer sein Schiff voll hatte, wollte er die Mühle stopfen, aber wie er's auch anfing und sie stellen und drehen mochte, die Mühle mahlte immer fort, und der Salzhaufen wuchs höher und immer höher, und zuletzt versank das ganze Schiff ins Meer. Da steht nun die Mühle auf dem Meergrunde und mahlt noch den heutigen Tag, und daher kommt es, daß das Meerwasser salzig ist.

21.
Die Prinzessinn auf dem gläsernen Berg.

Es war einmal ein Mann, der hatte eine Heuwiese, die lag auf einem Berg, und auf der Wiese stand ein Schoppen, worin er das Futter aufbewahrte. In den letzten Jahren aber war der Schoppen immer ziemlich leer gewesen; denn allemal in der St. Johannisnacht, wenn das Gras am schönsten und üppigsten stand, wurde die Wiese ganz kahl, als ob eine Viehheerde da gegangen und das Gras abgefressen hätte. So geschah es das eine Jahr, und so geschah es das andre. Das verdroß endlich den Mann, und er sagte zu seinen Söhnen — er hatte drei, und der dritte hieß Aschenbrödel, musst Du wissen — es solle einer von ihnen in der St. Johannisnacht im Heuschoppen liegen und Acht geben, wie das Ding zusammenhinge; denn es könne nicht angehen, daß jedes Jahr das Gras mit Stumpf und Stiel abgefressen würde, sagte er. Nun machte zuerst der älteste Sohn sich auf; er wollte schon aufpassen, sagte er, und es sollten ihm weder Menschen, noch Vieh, noch der Teufel selbst das Gras von der Wiese stehlen. Darauf ging er hin und legte sich in dem Heuschoppen schlafen. Wie es aber auf die Nacht kam, entstand plötzlich ein solches Getöse und ein Erdbeben, daß Dach und Wände krachten. Dem Burschen ward angst und bange, und er sprang auf und lief davon, ohne sich umzusehen, und die Wiese wurde in dieser Nacht wieder eben so kahl, als in den beiden letzten Jahren.

Den nächsten St. Johannis-Abend sagte der Mann wieder, es könne nicht angehen, daß sie jedes Jahr ihr Heu auf der Wiese einbüßen sollten, es müsse einer von den Söhnen die Nacht über im Schoppen schlafen und gut aufpassen. Da machte sich denn der zweite Sohn auf; aber es ging ihm nicht besser, als seinem Bruder; denn in der Nacht entstand wieder ein Getöse und ein Erdbeben, noch weit furchtbarer, als in der vorigen Johannis-Nacht. Dem Burschen ward angst und bange, und er sprang auf und schwang die Fersen, als ob's für Geld ginge.

Das Jahr darauf kam die Reihe an Aschenbrödel. Als er sich aber anschickte, nach der Wiese zu gehen, fingen die andern Beiden an zu lachen und machten sich über ihn lustig. »Ja, Du bist eben der Rechte, um das Heu zu hüten,« sagten sie: »Du, der Du nichts Anders gelernt hast, als in der Asche zu sitzen und Dich zu braten.« Aber Aschenbrödel bekümmerte sich nicht um ihr Geschwätz, sondern als es Abend wurde, ging er gradezu nach der Wiese. Als er eine Weile im Schoppen gelegen hatte, fing es an zu donnern und zu krachen. »O, wenn's nicht schlimmer wird, so kann ich's aushalten,« dachte Aschenbrödel. Als er noch eine Weile gelegen hatte, entstand ein Krachen und ein Erdbeben, daß die Heuhalme umherstoben. »O, wenn's nicht schlimmer wird, so halt ich's aus,« dachte Aschenbrödel. Bald darauf kam ein drittes Krachen und Erdbeben, so daß der Bursch glaubte, Dach und Wände würden zusammenstürzen; als das aber vorbei war, wurde es mäuschenstill. »Ob's wohl wiederkommt?« dachte Aschenbrödel; aber es kam nicht wieder. Nach einer Weile däuchte es dem Burschen, als ob draußen vor dem Schoppen ein Pferd stände und gras'te. Er schlich sich daher an die Thür und guckte durch die Ritze, und da sah er denn ein Pferd stehen, welches das Gras abbiß; aber ein so großes und stattliches Pferd hatte Aschenbrödel noch nie gesehen, und auf dem Rücken trug es Sattel und Gebiß und eine vollständige Rüstung für einen Ritter. Alles aber war von Kupfer, und so blank, daß es glitzerte. »Haha! bist Du es, der uns immer das Gras abfrisst?« dachte der Bursch: »aber das will ich Dir schon verbieten.« Er nahm darauf schnell sein Feuerstahl aus der Tasche und warf es über das Pferd; da konnte es sich nicht vom Fleck rühren, sondern war so zahm, daß der Bursch mit ihm machen konnte, Was er wollte. Er setzte sich nun darauf und ritt damit nach einem Ort hin, den Niemand kannte, als er allein, und da brachte er es in Verwahrsam. Als er wieder nach Hause kam, fingen seine Brüder an zu lachen und fragten ihn, wie es denn gegangen sei. »Du bliebst wohl nicht lange in dem Schoppen liegen,« sagten sie: »wenn Du sonst überhaupt nach der Wiese gekommen bist.« — »Ich habe so lange in dem Schoppen gelegen, bis die Sonne aufging,« sagte der Bursch: »aber ich habe Nichts gehört, noch gesehen. Gott mag wissen, Was es ist, das Euch so in Furcht gejagt hat.« — »Ja, wir werden bald sehen, wie Du die Wiese gehütet hast,« versetzten die Brüder. Als sie aber hinkamen, stand das Gras da eben so hoch und so dicht, als den Tag zuvor.

Den nächsten Johannis war es wieder das alte Lied. Keiner von den beiden Brüdern wollte nach dem Schoppen gehen und die Wiese hüten, aber Aschenbrödel, der wollte. Nun ging es wieder eben so, wie in der vorigen Johannis-Nacht: zuerst kam wieder ein furchtbares Getöse und ein Erdbeben, dann noch einmal, und endlich zum dritten Mal; aber alle drei Erdbeben waren diesmal weit stärker, als das vorige Jahr. Darauf ward es plötzlich ganz still, und der Bursch hörte Etwas draußen vor dem Schoppen knuppern; er schlich sich nun wieder ganz leise nach der Thür und guckte durch die Ritze. Ja, richtig! da stand wieder ein Pferd dicht an der Mauer und fraß das Gras ab; aber das war noch weit größer und stattlicher, als das vorige, und auf dem Rücken lagen Sattel und Gebiß und eine vollständige Rüstung für einen Ritter — Alles von blankem Silber, und so prächtig, wie man's nur sehen kann. »Haha! bist Du es, der uns in dieser Nacht das Gras abfressen wollte?« dachte der Bursch: »aber das will ich Dir verbieten,« und damit nahm er schnell sein Feuerstahl aus der Tasche und warf es dem Pferd über die Mähne, und nun stand es da, so fromm und so zahm, wie ein Lamm. Da setzte der Bursch sich drauf und ritt damit nach demselben Ort hin, wo er das andre Pferd stehen hatte, und dann ging er wieder nach Hause. »Heute sieht es wohl schön aus auf der Heuwiese,« sagten die Brüder. »O ja, ganz gut,« versetzte Aschenbrödel. Sie wollten nun hin und zusehen, und als sie hinkamen, stand das Gras da so hoch und so schön, daß es nur eine Lust war; aber die Brüder wurden darum nicht freundlicher gegen Aschenbrödel.

Als die dritte Johannis-Nacht herankam, wollte wieder Keiner von den beiden ältesten Brüdern in dem Heuschoppen liegen und die Wiese hüten; denn sie waren noch so eingeschüchtert von der ersten Nacht her, die sie da gelegen hatten, daß sie's gar nicht wieder vergessen konnten. Da mußte sich denn Aschenbrödel wieder aufmachen; und nun ging es wieder eben so, wie die beiden vorigen Male: es kamen wieder drei Erdbeben, das eine noch immer stärker, als das andre, und bei dem letzten tanzte der Bursch von der einen Schoppenwand zur andern; aber darauf wurde es mäuschenstill. Als der Bursch nun noch eine Weile gelegen hatte, hörte er wieder draußen vor dem Schoppen Etwas knuppern. Er schlich sich nun leise nach der Thür und guckte durch die Ritze — da stand denn wieder ein Pferd da, noch weit größer und stattlicher, als die beiden andern, die er schon gefangen hatte. »Haha! bist Du es, der mir diese Nacht das Gras abfressen wollte?« dachte der Bursch: »aber das will ich Dir schon verbieten;« und damit nahm er sein Feuerstahl und warf es über das Pferd, und da stand es auf dem Fleck so fest, als wär' es dran genagelt, und der Bursch konnte mit ihm machen, Was er wollte; er ritt es nun nach demselben Ort hin, wo er schon die beiden andern Pferde stehen hatte, und ging dann nach Hause. Die beiden Brüder machten sich wieder über ihn lustig, eben so wie die beiden vorigen Male. Diese Nacht, sagten sie, hätte er die Wiese wohl gut gehütet, denn er sähe ja aus, als ob er noch im Schlaf ginge, und Was Dergleichen Mehr war. Aber Aschenbrödel that, als ob er nicht darauf achte, sondern sagte bloß, sie möchten nur hingehen und zusehen; das thaten sie denn auch; aber das Gras stand da eben so schön und üppig, als den Tag zuvor.

Um diese Zeit geschah es, daß der König des Landes, in welchem Aschenbrödels Vater wohnte, ein Aufgebot in seinem ganzen Reich ergehen ließ. Der König hatte nämlich eine Tochter von wunderlieblicher Schönheit, und die wollte er verheirathen. Die Tochter aber saß mit drei goldnen Äpfeln in ihrem Schoß oben auf einem hohen gläsernen Berg, der war so glatt wie Eis und so blank wie ein Spiegel. Wer nun auf den Berg reiten und ihr die drei Äpfel aus dem Schoß nehmen könnte, der sollte die Prinzessinn und das halbe Reich haben; das hatte der König in allen Kirchdörfern in seinem ganzen Reich und noch in vielen andern Königreichen bekannt machen lassen. Weil nun die Prinzessinn so außerordentlich schön war, daß Jeder, der sie nur ansah, sogleich in sie verliebt ward, er mochte wollen, oder nicht, so hatten alle Prinzen und Ritter große Lust, sie und das halbe Königreich zu gewinnen, und kamen daher von allen Enden der Welt geritten, so stattlich, daß man den Glanz schon von weitem sah; und ihre Pferde gingen einher, als ob sie unter ihnen tanzten — kurz, es war Niemand, der nicht daran dachte, die Prinzessinn und das halbe Reich zu gewinnen.

Als nun der Tag gekommen war, den der König zu dem Ritt bestimmt hatte, waren so viele Prinzen und Ritter um den gläser-

nen Berg versammelt, daß es von ihnen wimmelte; und Jeder, der
nur kriechen konnte, wollte hin und sehen, Wer die Königstochter gewönne, und die beiden Brüder von Aschenbrödel wollten
auch hin, aber Aschenbrödel wollten sie nicht mit haben, denn
hätten sie einen solchen Wechselbalg bei sich, so schwarz und
abscheulich wie er, der immer da liege und in der Asche wühle,
sagten sie, dann würden die Leute sich nur über sie lustig machen. Aschenbrödel aber sagte, es wär' ihm ganz einerlei, er blie-
be auch eben so gern zu Hause. Als nun die beiden Brüder zu
dem gläsernen Berg kamen, versuchten schon alle Ritter und
Prinzen den Ritt, und sie ritten, daß die Pferde unter ihnen
schäumten; aber es half ihnen Alles nichts; denn sowie nur das
Pferd den Fuß an den Berg setzte, glitt es immer wieder aus, und
es war kein Einziger da, der nur ein paar Ellen lang an dem Berg
hinauf gekommen wäre, und das war eben nicht zu verwundern,
denn der Berg war so glatt wie ein Spiegel, und so steil wie eine
Wand. Alle aber wollten gern die Königstochter und das halbe
Reich gewinnen, und sie ritten und sie glitten, aber Alles umsonst. Zuletzt waren alle Pferde schon so ausgemattet, daß sie
nicht mehr vom Fleck konnten, und über und über waren sie mit
Schweiß bedeckt, und der Schaum stand ihnen vor dem Mund.
Da mußten sich denn die Prinzen und Ritter endlich geben. Der
König wollte nun schon bekannt machen lassen, daß das Wettreiten den nächsten Tag wieder anfangen sollte, ob's dann vielleicht
Einem gelingen möchte; aber in demselben Augenblick kam ein
Ritter in einer kupfernen Rüstung daher, die war so blank, daß
man sich darin spiegeln konnte, und das Pferd, das er ritt, war so
groß und so stattlich, wie noch Keiner ein solches Pferd je gesehen hatte. Die andern Prinzen und Ritter aber riefen ihm zu, er
könne sich gern die Mühe sparen, den Ritt zu versuchen, denn es
würde ihm doch nichts helfen. Jener konnte aber auf dem Ohr
nicht hören, sondern ritt grade auf den gläsernen Berg zu und
hinan und hinauf, als wär' es gar Nichts gewesen. Als er aber um
das erste Drittheil hinaufgekommen war, lenkte er mit dem Pferd
um und ritt wieder zurück. Einen so schönen Ritter hatte die
Prinzessinn noch nie zuvor gesehen, und sie dachte bei sich
selbst: »Ach Gott, wenn er doch nur heraufkäme!« Als sie aber
sah, daß er mit dem Pferd wieder umlenkte, warf sie ihm einen

von den goldnen Äpfeln nach, und der rollte hinab in seinen Schuh. Sobald der fremde Ritter wieder unten war, gab er seinem Pferd die Spornen und jagte davon, und Niemand wußte, wo er gestoben oder geflogen war. Am Abend sollten alle Prinzen und Ritter vor dem König erscheinen, damit Der, welcher an dem gläsernen Berg hinaufgeritten sei, den goldnen Apfel aufzeigen könne, den die Königstochter ihm zugeworfen hatte. Aber da war Keiner, der Etwas aufzeigen konnte; der Eine kam nach dem Andern, aber den goldnen Apfel hatte Niemand.

Als nun die Brüder Aschenbrödels wieder nach Hause kamen, erzählten sie ein Langes und Breites von dem Ritt auf den gläsernen Berg: wie zuerst Keiner auch nur einen Schritt lang an dem Berg hätte hinaufkommen können, und wie nachher Einer gekommen wäre in einer kupfernen Rüstung, so blank, daß man sich darin spiegeln konnte, »und das war ein Bursch,« sagten sie: »der konnte reiten; er ritt wohl über den dritten Theil an dem gläsernen Berg hinauf, und er hätte auch wohl ganz hinaufreiten können, wenn er bloß gewollt hätte; aber da kehrte er wieder um, denn er mochte wohl denken, es sei Genug für das Mal.« — »O, den hätt' ich auch wohl sehen mögen!« sagte Aschenbrödel — er saß auf dem Herd und wühlte in der Asche, wie er gewöhnlich zu thun pflegte. »Ja, Du!« sagten die Brüder: »Du siehst auch darnach aus, daß Du Dich vor so hohen Herrschaften kannst sehen lassen, Du abscheuliches Biest, so wie Du da sitzest!«

Den andern Tag wollten die Brüder wieder nach dem gläsernen Berg, und Aschenbrödel bat sie auch das Mal, sie möchten ihn doch mitnehmen, damit er auch zusehen könne; aber nein, das ging nicht an, dazu wär' er viel zu häßlich, sagten sie. »Ei nun, so bleib' ich auch eben so gern zu Hause,« sagte Aschenbrödel. Als die Brüder zu dem Berg kamen, begannen eben die Ritter und Prinzen wieder ihr Wettreiten, und das Mal hatten sie ihre Pferde gehörig beschlagen lassen, kannst Du glauben; aber es half ihnen doch Alles nichts, sie ritten und sie glitten eben so, wie den vorigen Tag, und Keiner kam auch nur eine Elle lang an dem Berg hinauf; und als sie ihre Pferde so lange abgequält hatten, daß sie nicht mehr von der Stelle konnten, mußten sie alle wieder aufhalten. Nun wollte der König schon bekannt machen lassen, daß das Wettreiten den nächsten Tag zum letzten Mal vor sich gehen sollte, ob's dann vielleicht noch Einem gelänge; da fiel ihm aber der Ritter mit der kupfernen Rüstung ein, und er beschloß, noch ein wenig zu warten, ob er sich etwa noch einfinden möchte. Aber der Ritter mit der kupfernen Rüstung fand sich nicht ein; dagegen aber kam nach einer Weile ein anderer Ritter daher gesprengt, der trug eine silberne Rüstung, die blitzte schon von weitem, und das Roß, welches er ritt, war noch weit größer und stattlicher, als das des kupfernen Ritters von gestern. Die Ritter und Prinzen riefen ihm zwar zu, er könne sich gern die Mühe sparen, den Ritt zu versuchen, denn es würde ihm doch nichts helfen; aber er achtete nicht darauf, sondern ritt grade auf den gläsernen Berg zu und hinan und hinauf, noch viel weiter, als der in der kupfernen Rüstung. Als er aber um zwei Drittheile hinaufgekommen war, lenkte er mit seinem Pferd um und ritt wieder zurück. Den Ritter mochte nun die Prinzessinn noch lieber leiden, als den von gestern, und sie wünschte, daß er doch nur ganz hinaufkommen möchte. Als sie aber sah, daß er wieder umkehrte, warf sie ihm den andern Apfel nach, und der rollte hinunter in seinen Schuh. Der Ritter aber jagte schnell davon, und Niemand wußte, wo er geblieben war.

Am Abend sollten wieder Alle vor dem König und der Prinzessinn erscheinen, damit Der, welcher den goldnen Apfel hätte, ihn aufweisen könne; aber den goldnen Apfel hatte Niemand.

Die Brüder erzählten zu Hause wieder, wie sich Alles zugetragen hatte. »Alle Prinzen und Ritter, die da versammelt waren,« sagten sie: »konnten Nichts ausrichten; zuletzt aber kam Einer mit einer silbernen Rüstung — Wetter nicht mal! der konnte reiten! Er kam wohl über zwei Drittheile an dem Berg hinauf, und da kehrte er wieder um. Aber das war ein Bursch! und die Prinzessinn warf ihm den zweiten Apfel nach.« — »Ach, den hätt' ich auch wohl sehen mögen!« sagte Aschenbrödel. »Ja, er war ein wenig blanker, als die Asche, worin Du wühlst, Du schwarzes Biest!« sagten die Brüder.

Am dritten Tag ging es wieder ungefähr eben so: Aschenbrödel wollte wieder mit und zusehen; aber die Brüder wollten ihn durchaus nicht mitnehmen. Als sie zu dem gläsernen Berg

kamen, konnte wieder Niemand auch nur eine Elle lang hinaufkommen. Alle warteten nun auf den Ritter mit der silbernen Rüstung; aber der war weder zu sehen, noch zu hören. Endlich kam
ein Ritter in einer goldenen Rüstung dahergesprengt, die strahlte,
daß man den Glanz schon weit in der Ferne sehen konnte, und
das Pferd, das er ritt, war so groß und so stattlich, daß Keiner
noch dergleichen je gesehen hatte. Die Prinzen und Ritter konnten vor lauter Verwunderung ihm nicht einmal zurufen, daß er
sich die Mühe sparen solle, den Ritt zu versuchen, und ehe sie
sich's versahen, war er schon bei dem gläsernen Berg und spreng-
te hinauf, als wär' es gar Nichts gewesen, so daß die Prinzessinn
nicht einmal Zeit bekam, zu wünschen, er möchte doch ganz hinaufkommen. Oben nahm er ihr den dritten goldnen Apfel aus
dem Schoß, lenkte dann mit seinem Pferd wieder um – und fort
war er, als wär' er verschwunden.

Als am Abend die Brüder nach Hause kamen, erzählten sie
wieder ein Langes und Breites von dem Wettreiten an dem Tage,
und zuletzt erzählten sie auch von dem Ritter mit der goldnen
Rüstung. »Das war aber ein Bursch!« sagten sie: »einen so stattli-
chen Ritter giebt's nicht mehr in der Welt.« – »O, den hätt' ich
auch wohl sehen mögen!« sagte Aschenbrödel. »Ja, es blitzt nicht
völlig so in der Asche, worin Du immer wühlst, Du schwarzes
Biest!« sagten die Brüder.

Tages darauf sollten alle Prinzen und Ritter vor dem König
und der Prinzessinn erscheinen, – denn am Abend, glaub' ich,
war es schon zu spät geworden – damit Der, welcher den goldnen Apfel hätte, ihn aufweisen könne. Es kam nun Einer nach
dem Andern, erst kamen alle Prinzen, und dann die Ritter; aber
den goldnen Apfel hatte Niemand. »Ja, Einer muß ihn doch haben,« sagte der König; »denn wir sahen es ja alle mit unsern Augen, wie er da den Berg hinaufritt und ihn der Prinzessinn aus
dem Schoß nahm.« Da sich aber Niemand meldete, gab endlich
der König den Befehl, daß alle Leute in seinem ganzen Land aufs
Schloß kommen sollten, damit Der, welcher den goldnen Apfel
hätte, ihn aufweise. Es kam nun Einer nach dem Andern; aber
den goldnen Apfel hatte Niemand. Endlich kamen auch die beiden Brüder von Aschenbrödel; sie waren die letzten. Darauf frag-

te der König, ob denn gar nicht mehr Leute in seinem Reich wären. »Ja, wir haben noch einen Bruder zu Hause,« sagten die Beiden: »aber der hat den goldnen Apfel wohl nicht genommen; denn er ist in der Zeit nicht aus dem Aschhaufen gekommen.« – »Einerlei,« sagte der König: »sind alle die Andern hier gewesen, so mag er auch kommen!« und da mußte denn Aschenbrödel auch aufs Schloß. »Hast Du den goldnen Apfel, Du?« fragte ihn der König. »Ja, hier ist er, und hier ist der andre, und hier ist der dritte,« sagte Aschenbrödel, indem er alle drei goldenen Äpfel aus der Tasche nahm; und in demselben Augenblick warf er seine russigen Kleider ab und stand nun da in seiner goldenen Rüstung, daß es nur so blitzte. »Ja, Du sollst meine Tochter und das halbe Reich haben,« sagte der König: »denn Du hast beides ehrlich verdient.« Darauf wurde die Hochzeit gehalten, und Aschenbrödel bekam die Prinzessinn und das halbe Reich. Bei der Hochzeit aber ging's lustig her; denn Hochzeit feiern konnten sie alle, wenn sie auch nicht auf den gläsernen Berg reiten konnten; und haben sie nicht aufgehört zu feiern, so feiern sie noch.

22.
Schmierbock.

Es war einmal eine Frau, die hatte einen kleinen Knaben, der war so dick und so fett und mochte immer so gern gute Bissen, und darum nannte die Mutter ihn Schmierbock; auch hatte sie einen kleinen allerliebsten Hund, welchen sie Goldzahn nannte. Nun stand die Frau einmal beim Backtrog und backte Brod; da fing der Hund plötzlich an zu bellen.

»Lauf mal hinaus, Schmierbock,« sagte die Frau: »und sieh zu, wonach Goldzahn so bellt.« Da lief der Knabe hinaus, kam wieder herein und sagte:

»Na, Gott steh uns bei! da kommt ein großes, langes Trollweib her mit dem Kopf unter dem Arm und einem Sack auf dem Rücken.« —

»Kriech unter den Backtrog und versteck Dich!« sagte seine Mutter.

Nun kam das Trollweib an. »Guten Tag!« sagte sie.

»Schönen Dank!« sagte die Mutter von Schmierbock.

»Ist Schmierbock nicht zu Hause?« fragte das Weib.

»Nein, er ist mit seinem Vater im Holz und fängt Waldhühner,« versetzte die Frau.

»Das wär' der Troll!« sagte das Weib: »ich hab' ein kleines silbernes Messer, das wollt' ich ihm gern schenken.« —

»Pip! pip! hier bin ich!« sagte Schmierbock unter dem Backtrog und kroch hervor.

»Ich bin so alt und bin schon so steif im Rücken,« sagte das Trollweib: »Du musst in den Sack kriechen und es Dir selbst holen.«

Wie nun Schmierbock in den Sack gekrochen war, schwang das Weib ihn auf den Rücken und ging damit fort. Als sie aber ein Ende gegangen war, wurde sie müde und fragte: »Wie weit ist es noch bis zur Schlafstelle?« —

»Ein Halbviertel Weges,« antwortete Schmierbock.

Da setzte das Weib den Sack am Wege nieder, strich durch's Unterholz und legte sich schlafen. Nun benutzte Schmierbock die Gelegenheit, nahm sein Messer, schnitt damit ein Loch in den Sack und kroch heraus; dann legte er eine große Kienwurzel an die Stelle und lief wieder nach Hause zu seiner Mutter. Als nun das Trollweib in ihrer Wohnung ankam und sah, Was sie im Sack hatte, da wurde sie so böse, daß es gar nicht zu sagen ist.

Tages darauf stand die Frau abermals beim Trog und backte Brod; da begann der Hund plötzlich wieder zu bellen. »Lauf mal hinaus, Schmierbock,« sagte die Frau: »und sieh zu, wonach Goldzahn so bellt.« —

»Nun seh mal Einer das abscheuliche Biest!« sagte Schmierbock: »da kommt sie wieder mit dem Kopf unter dem Arm und einem großen Sack auf dem Rücken.« —

»Kriech unter den Backtrog und versteck Dich!« sagte seine Mutter.

Nun kam das Trollweib an. »Guten Tag!« sagte sie: »ist Schmierbock nicht zu Hause?« —

»Ei, was wollt' er zu Hause sein!« sagte die Frau: »er ist mit seinem Vater im Holz und fängt Waldhühner.« —

»Das wär' der Troll!« sagte das Weib: »ich hab' ihm sonst eine schöne silberne Gabel mitgebracht, die wollt' ich ihm schenken.«

»Pip! pip! hier bin ich!« sagte Schmierbock und kroch hervor.

»Ich bin so steif im Rücken,« sagte das Trollweib: »Du musst selbst in den Sack kriechen und sie Dir holen.« Als nun Schmierbock in den Sack gekrochen war, schwang das Weib ihn auf den Rücken und ging fort. Wie sie aber ein Ende gegangen war, wurde sie wieder müde und fragte: »Wie weit ist es noch bis zur Schlafstelle?« —

»Eine halbe Meile,« antwortete Schmierbock.

Da setzte das Weib den Sack am Wege nieder, strich durch den Wald und legte sich schlafen. Indessen aber benutzte Schmierbock die Gelegenheit, schnitt ein Loch in den Sack und kroch heraus; dann legte er einen großen Stein an die Stelle und lief wieder nach Hause zu seiner Mutter. Als nun das Trollweib in ihrer Wohnung ankam, machte sie ein großes Feuer auf dem Herd an, hängte einen großen Kessel darüber und wollte Schmierbock kochen. Als sie ihn aber in den Kessel schütten wollte, fiel der Stein heraus und schlug den Boden entzwei, so daß alles Wasser herauslief und das Feuer auslöschte. Da wurde das Weib ganz wüthend und sagte: »Wenn er sich auch noch so sehr sträubt, ich will ihn doch schon kriegen.«

Das dritte Mal ging es wieder eben so. Goldzahn fing wieder an zu bellen, und da sagte die Mutter zu dem Knaben: »Geh mal hinaus, Schmierbock, und sieh zu, wonach Goldzahn so bellt.«

Schmierbock lief hinaus, kam wieder herein und sagte: »Na, Gott steh uns bei! Da kommt wieder das Trollmensch mit dem Kopf unter dem Arm und einem Sack auf dem Rücken.« —

»Kriech unter den Backtrog und versteck' Dich!« sagte die Mutter.

Es dauerte nicht lange, so kam das Trollweib an. »Guten Tag!« sagte sie: »ist Schmierbock nicht zu Hause?« —

»Ei was wollt' er zu Hause sein!« sagte die Mutter: »er ist mit seinem Vater im Holz und fängt Waldhühner.« —

»Das wär' der Troll!« sagte das Weib: »ich habe sonst einen hübschen silbernen Löffel mitgebracht, den wollt' ich ihm schenken.« —

»Pip! pip! hier bin ich!« sagte Schmierbock und kroch unter dem Backtrog hervor.

»Ich bin so steif im Rücken,« sagte das Trollweib: »Du musst selbst in den Sack kriechen und ihn Dir holen.« Als Schmierbock hineingekrochen war, schwang das Weib den Sack wieder auf den Rücken und ging fort. Das Mal aber legte sie sich nicht wieder im Wald schlafen, sondern trug Schmierbock gradesweges nach ihrem Hause. Als sie dort ankam, war es grade Sonntag; darum sagte sie zu ihrer Tochter:

»Nimm diesen Schmierbock und schlachte ihn und koch Suppe davon; die muß aber fertig sein, wenn ich zurückkomme; denn ich gehe jetzt mit Deinem Vater in die Kirche, um Fremde zu bitten.«

Als nun das Trollpack gegangen war, wollte die Tochter den Schmierbock schlachten; aber sie wußte gar nicht, wie sie das anfangen sollte.

»Wart, ich will Dir's zeigen, wie Du's machen musst,« sagte Schmierbock: »Lege nur Deinen Kopf auf die Bank, dann sollst Du mal sehen.«

Das that denn das arme Mädchen auch; aber da nahm Schmierbock die Axt und hieb ihr damit den Kopf ab, als wär's ein Küken gewesen. Dann legte er den Kopf ins Bett und den Rumpf in den Kessel und kochte Suppe davon; und als er das gethan hatte, nahm er die Kienwurzel und den Stein und kroch damit in den Schornstein hinauf.

Als darauf das Trollweib mit ihrem Mann wieder nach Hause kam, und sie den Kopf im Bett liegen sahen, meinten sie, es wäre die Tochter, die schliefe; sie wollten sie nun nicht aufwecken, sondern gingen zum Kessel, um die Suppe zu kosten.

»Schmeckt gut, die Schmierbocksuppe!« sagte das Trollweib.

»Schmeckt gut, die Tochtersuppe!« sagte Schmierbock oben im Schornstein; aber das hörten sie nicht recht.

Darauf nahm der Troll den Löffel und wollte auch die Suppe kosten.

»Schmeckt gut, die Schmierbocksuppe!« sagte er.

»Schmeckt gut, die Tochtersuppe!« sagte Schmierbock im Schornstein.

Da wurden sie aufmerksam und konnten nicht begreifen, Wer es sei, der da im Schornstein schwatze; sie stiegen daher auf den Herd und wollten zusehen. Aber da nahm Schmierbock die

Kienwurzel und den Stein und warf sie damit auf den Kopf, so daß sie todt umfielen. Als Schmierbock das sah, stieg er wieder herunter, nahm all das Gold und Silber, was er da vorfand, und reis'te damit nach Hause zu seiner Mutter. Und nun war Schmierbock ein reicher Mann.

FUSSNOTE

1: Ham bezeichnet in der nordischen Mythologie eine zauberkräftige Haut irgend eines Thiers mit den daran befindlichen Haaren, oder Federn, wodurch Derjenige, auf welchen diese Haut geworfen ward, augenblicklich in ein solches Thier verwandelt wurde. Anm. d. Übers.